# 元・傾国の美女とフラグクラッシャー王太子
## 転生しても処刑エンドが回避できません!?

瑠美るみ子



22319

角川ビーンズ文庫

# 目次

アザレア・エル・
サベージ
サベージ公爵家令嬢。
傾国の皇妃として無実の
罪で処刑された前世を持つ。
ロータスにふさわしい令嬢
が現れるまで、仮の婚約者に
なることを決意する。
ロータス・クル・
カボス
カボス王国王太子。
文武両道、魔法にも
秀でたチート。
だが天才過ぎて常人には
理解できない行動ゆえに
抗うことのできない
天災にたとえられることも。

フラグクラッシャー

# 元・傾国の美女と王太子

## 人物紹介

### エリーゼ・エル・サベージ

アザレアの異母妹。
類を見ないほど愛らしい容姿。
アザレアを嘲笑い、ちょっかいをかけてくる。

### シュナ・イル・ホウエンス

ホウエンス子爵家次男。
自称天才魔術師でロータスの助手として仲良く
実験を繰り返してはトラブルを起こしている。

### リリア・アル・オーデンス

超貧乏なオーデンス伯爵家令嬢。
アザレアに侍女として仕えたのも
給金目当てだとか……？

本文イラスト／深山キリ

# プロローグ　前世の記憶と今世の立場

最初に思い出したのは、処刑《しょけい》前に髪《かみ》を切られたときの感覚。こころなしか軽くなった頭が新《しん》鮮《せん》で、死ぬ直前にそんな感想を抱《いだ》いた自分が可笑《おか》しかった。

場面が替《か》わって、次に目に映ったのは振動《しんどう》で揺《ゆ》れる自分の足。荷馬車に乗せられて、石畳《いしだたみ》の上をガタガタと走っている最中だった。私を見世物にするため、街道《かいどう》の真ん中を行進しているのだ。

民衆の罵声《ばせい》と歓声《かんせい》が交じる街を見渡《みわた》して、隣《となり》の見張りに声をかける。

「いまは、いつかしら」

答えは求めていなかった。ただ、なんとなく尋ねただけだ。

再び視線を足元に移す。茜色《あかねいろ》に染まった地面は、まるで血のようだ。

見張りは怪訝《けげん》な顔で私を見たが、躊躇《ためら》うように「もうじき夜になります」と答えてくれた。

「そう」

尋問《じんもん》でない会話なんていつぶりだろうか。

微笑《ほほえ》んで、ありがとうと言いかけたとき、頭に石をぶつけられた。

頭を押さえ痛みに呻《うめ》くと、石を投げてきた女が私を指差して叫《さけ》ぶ。

「この悪女め！　この期《ご》に及《およ》んで見張りを誘惑《ゆうわく》しようとしていたよ！」

女の言葉に、周りにいた人々がワッと一層騒《さわ》ぎ始めた。

「やっぱり、あの女は悪女だ！」

「先代の皇帝《こうてい》はあの女に誑《たぶら》かされたんだ！」

「あの女のせいで国が傾《かたむ》いた！　滅《ほろ》びかけた！」

「税が重くなったのもあいつが贅沢《ぜいたく》をしていたせいだ！　戦争が起きたのも、あいつが敵国の王を惑《まど》わしたせいだ！」

「あの女さえ！　あいつさえいなければ！」

違《ちが》う。

私のせいじゃない。

税を増やさなければいけなかったのは、戦争に備えるため。戦争が起きたのは、敵国の王がこの国の資源を欲しがったから。

そう叫びたくても、次々飛んでくる石やゴミが当たらないよう身を庇《かば》うのに必死で、口を開く余裕《よゆう》なんてなかった。

震《ふる》える私を見張りは一瞥《いちべつ》して、「黙《だま》っていてください」と冷たく言い放つ。

見張りの態度は当たり前だった。もう私に味方なんていない。何か言い訳するだけ無駄《むだ》なのだから。

私は彼の言う通り、断頭台がある広場に着くまで口を閉じ、ただじっと地面に伸《の》びた影《かげ》を見つめていた。

「降りてください」

御者《ぎょしゃ》がそう告げると、私は引っ張られるように荷台から降ろされた。

そして、断頭台へと連れられ、憎悪《ぞうお》に満ちた民衆の前で膝《ひざ》をつかされる。

「――罪人、元皇妃《こうひ》サメルラ・アインザッツの罪を述べる」

私の頭上で、処刑人が罪状を読み上げる。

「貴殿《きでん》は先代皇帝であるホウラン陛下の寵愛《ちょうあい》を盾《たて》に、帝国の秩序《ちつじょ》を乱した。宮廷《きゅうてい》で贅に溺《おぼ》れ、いたずらに争いを起こし、この帝国で暴虐《ぼうぎゃく》の限りを尽《つ》くした。そしてあろうことか、貴殿を諫《いさ》めた貴族はことごとく殺害し、遂《つい》には敬愛すべき我《われ》らが皇帝、ホウラン陛下を弑逆《しぎゃく》するに至った」

でっち上げの罪状に、反論する気力すら湧《わ》かない。

皇帝が毒殺されたとき、誰《だれ》も私の証言を信じなかった。信じてくれた人は見せしめとして殺された。たとえ今ここで真実を告げても、同じことだろう。

家族や親しかった友の首が広場で並べられている現状に、私は涙《なみだ》すら出なかった。

ただただ漠然《ばくぜん》と心を支配しているのは、疑問。

どうしてこうなってしまったのだろう、という素朴な疑問。

「――よって、サメルラ・アインザッツに死刑を科す！」

長々とした罪状を言い終えたのだろう。締《し》めの言葉と共に民衆が歓喜に沸《わ》き、私の首が断頭台に固定された。

憎《にく》しみと喜びが混じった人々を眺《なが》めながら、何がダメだったのだろうかとぼんやり考える。

十三までは、ただの村娘《むらむすめ》だった。たまたま視察に来ていた役人が、私を皇帝の後宮に入れると言い出したのだ。役人の命令を断れば命は無い。多額の報酬《ほうしゅう》と引き換《か》えに私は役人に引き取られ、後宮に入ることとなった。

何の後ろ盾《だて》もない私が皇帝陛下にお目にかかれるはずがないと、周りからそう何度も言われた。その通りだろうと思って、後宮では穏《おだ》やかに過ごしていたとき、陛下からお呼びがかかったのだ。周りが貴族の娘である中、野暮《やぼ》ったい村娘が珍《めずら》しかったのだろう。陛下の覚えめでたくなった私は、何度か彼に呼ばれるようになった。

その頃《ころ》は「多少見目が良いだけの田舎《いなか》娘」と嗤《わら》われることが多かった。その通りだった。学も楽も作法も、どの妃《きさき》よりも私は劣《おと》っていたからだ。

陛下は何度も私を「美しい」と褒《ほ》めてくれたが、容姿以外に褒められたことはなかった。陛下が私に求めていたものは、そういうことだ。だから無能な私はこうして都合の良い身代わりになった。

気づいたときには何もかもが終わっていた。でっち上げの証拠《しょうこ》で毒殺の犯人だと仕立て上げられ、弁解する間もなく牢《ろう》に入れられたあと、私の家族や庇ってくれた人は全員殺された。どこかの誰かが謂《いわ》れもない噂《うわさ》を民衆に流し、私の処刑に異を唱える者をなくした。こうして私は、誰かの筋書き通り、国を傾けた悪女として歴史に名を残すのだ。

ああ、そうか。

あの役人に見つかった時点で、私の結末はもう決まっていたんだ。

「ふふ」

美しいだけが取り柄《え》の村娘。

それ以外は空っぽだったから、こんな結末を迎《むか》えるんだ。

私に関《かか》わった人をみんな不幸にして、最後は自分も惨《みじ》めに死ぬんだ。

そのことが可笑しくて、私は小さく笑った。

「ははは」

民衆の歓声が一際《ひときわ》大きくなる。その反応で、もうじき私の首が家族と共に広場に並ぶことを察した。

死の間際、人は気分がこんなにも高揚《こうよう》するのだろうか。私は滲《にじ》む視界で空を見上げ、天に祈《いの》った。

ああ、神よ。もし、この私を憐《あわ》れに思うのなら。

もう二度と、力のある者と巡《めぐ》り合いませんように。


そう願って、涙をこぼした。

そこから先は、記《き》憶《おく》にない。

私の前世は、ここで終わったのだ。


神というのは残酷《ざんこく》だ。

時の権力者に寵愛されたせいで命を落とした私を、今世ではその権力者側にするのだから。

私こと、アザレア・エル・サベージはカボス王国の公爵《こうしゃく》の娘として生を受けた。

そして何の因果か、私は王太子ロータス殿下《でんか》の婚約《こんやく》者となってしまった。

ロータス殿下は太陽みたいなお人だった。

端整《たんせい》なお顔立ちに、燃えるような赤い瞳《ひとみ》と髪。容姿が整っているだけではなく、頭脳明晰《めいせき》でもある。あらゆる学問に精通しており、政治、経済はもちろんのこと、前世では存在しなかった魔法《まほう》という摩訶《まか》不思議な術にも造詣《ぞうけい》が深い。武術も素晴《すば》らしく、騎士《きし》団長が殿下には敵《かな》わないと降参するほどだ。

まさに、天才。

これほど殿下を表すのにぴったりな言葉はない。それほどロータス殿下は素晴らしく、凄《すさ》まじかった。

そう、凄まじいのだ。

殿下は凡人《ぼんじん》である私の想像など遥《はる》かに超《こ》えることをやってのける。太陽が東から昇《のぼ》って西に沈《しず》むのが当たり前なように、突拍子《とっぴょうし》もないことを平然とこなしてしまうのだ。

もし彼の欠点を挙げろと命じられれば、本当に唯一《ゆいいつ》の弱点として私はこう申し上げるだろう。

ロータス殿下は、普通《ふつう》ではないと。

生半可な覚悟《かくご》で彼を評価してはいけない。

甘く見れば、痛いしっぺ返しが待っている。

……たとえを挙げるなら。

今、両陛下の御前《ごぜん》で咽《むせ》び泣く勇者殿《どの》のように。そして泡《あわ》を吹《ふ》いて倒《たお》れている聖女様のように。

「うむ？　勇者はなぜ泣いておるのだ？　アザレアよ。其方《そなた》にはわかるか？」

こてんと首を傾《かたむ》ける殿下。なぜかそのお姿は返り血で汚《よご》れている。

そして、右手には土塊《つちくれ》と一体化した聖剣《せいけん》。左手には形状し難《がた》いグロテスクな何か。

私は扇《おうぎ》を握《にぎ》りしめ、自由奔放な殿下に意を決して話しかけた。

「その前に殿下。その手に持っているハンマーと化した聖剣は一体どうしたのでしょうか」

「これか？　恥《は》ずかしいことに余では聖剣が抜《ぬ》けなくてな。ゆえに、修業《しゅぎょう》で借りる際、土台ごと持っていった。良き負荷《ふか》であったぞ！」

「さようですか。ところで殿下。その左手にお持ちの肉片《にくへん》は一体何でございましょうか」

「これか？　魔王の首である！　さっき倒してきた！　良き修業相手であった」

うんうんと満足気に頷《うなず》くロータス殿下に、誰も何も言えない。両陛下は遠い目をし、従者は悟《さと》りを得たのか後光が差している。先日殿下を煽《あお》った勇者は何度も何度も謝罪を繰《く》り返し、聖女は未《いま》だに目が覚めない。そして、輝《かがや》かんばかりの笑顔《えがお》で「余、凄《すご》いだろ？」と胸を張るロータス殿下。

混沌《こんとん》とした謁見《えっけん》の間で、私は何をどう突《つ》っ込むべきか戸惑《とまど》っていると、殿下が更《さら》なる爆弾《ばくだん》を落としてきた。

「なに、将来国を背負う者としては当然であろう。余ができたのだ。アザレアも修業すれば魔王を倒せるだろう。そうであろう、アザレア！」

殿下の発言に、私の残っていた理性が弾《はじ》け飛んだ。

「修業感覚で魔王を倒す人間がそう簡単にいてたまりますかァ！」

私の叫《さけ》びに、その場に居た殿下以外の人間が必死に頷いた。

# 第一章　衝撃的な出会い

なぜ超人《ちょうじん》な殿下と私が婚約関係になったか。

その理由は、私が十二歳の時まで遡《さかのぼ》る。


今世の私の家庭は少し複雑だった。

私の母と父は政略結婚だったため仲が悪かった。その証拠に私が五つの頃、母が病死して間もないうちに父は愛人の女と再婚したのだ。

その上、愛人にはすでに子供がいた。私と同い年の妹だ。歳《とし》は半年差で、血は半分繋《つな》がっているらしい。今世の父の屑《くず》っぷりに、思わず乾《かわ》いた笑いが出てしまった。

前世と違《ちが》い、この世界では宗教上の理由で一夫一妻が普通だ。そのため、男女問わず愛人を囲うことは珍《めずら》しくないのだが、流石《さすが》に妻が身重の時に他《ほか》の女と寝《ね》ていたなんてバレたら世間体《せけんてい》が悪い。それとなく社交界での父の評価を使用人に尋《たず》ねたところ、普通に評判が悪いと返ってきた。そうだろうな。当然だよ。

前世の記憶は物心ついた時にはすでに思い出していたため、当時の私は父を早々に見限り、継母《ままはは》たちがいる母屋《おもや》ではなく使われなくなった離《はな》れに住むこととした。

記憶がある分、精神年齢《ねんれい》が普通の子供より高かったからか、継母と異母妹の嫌《いや》がらせに反撃《はんげき》するようなことはしなかった。明らかな敵意を向けてくる相手とは関《かか》わらず、極力避《さ》けた方が身のためだと私は知っていたからだ。

父は流石に母方の実家の目を気にしているのか、私を衣食住に困らせることはなかった。一通りの教育も受けることができた。幸いにも使用人は私に同情してくれたので、身の回りの不満もない。

そして、私は思った。

あれ？　前世の後宮生活に比べればすごく平穏《へいおん》では？　と。

飲み物に毒やらドレスに刃《やいば》やら仕込まれることもない。水遊びと称《しょう》して真冬の池に落とされることもなければ、茶会に呼ばれて罵詈《ばり》雑言《ぞうごん》を浴びせられることもない。侍女《じじょ》がスパイでも執《しつ》事《じ》が反皇帝《こうてい》派に雇《やと》われた暗殺者でもない。寝込みを襲《おそ》われることも、裏切られることもないのだ。

あれ？　やっぱり平和だ。

ちょっと継母達と仲が悪いだけで、生活そのものは平和だ。

カボス王国の治世は安定している。この世界では魔王とかいう脅威《きょうい》があるらしいが、地理的に王国は魔界から遠いので魔物による被害《ひがい》は深刻な問題ではない。加えて小国なのに魔王を倒すのに必要な聖剣というありがたい武器があるおかげで外交にも強い。そもそも、世界共通の敵がいるおかげか、国同士の戦争も今は鳴りを潜《ひそ》めているのだ。平和だ。

前世の何かあれば戦争戦争だった世界と比べれば平和そのものだ。

私は今世の平和に万歳《ばんざい》と心の中で手を上げた。

私の本来の身分を考えれば不遇《ふぐう》かもしれないが、どうせあと五年もすれば結婚してこの家とおさらばするのだ。いや、この国は長子制度だし私が家を継《つ》ぐのか？　まあそれでも異母妹に家督《かとく》を譲《ゆず》ってさっさと出て行くまでだ。それまでの辛抱《しんぼう》だと考えれば、この程度の扱《あつか》い何ともない。むしろ温《ぬる》いものだ。私を苦しめたければ、前世のように国王の嫁《よめ》にでもしてみせな！

まあ、国王陛下はもう結婚してるので無理な話だけど！

私が調子に乗って平穏を謳歌《おうか》していたのも束《つか》の間、父から命令が下った。

曰《いわ》く、王太子の婚約《こんやく》者選びの場に出席せよとのこと。

十二の春の頃《ころ》だった。

そのときのことは良く覚えている。

久々に母屋に呼ばれたかと思えば、十人はいるであろう侍女達に着飾《きかざ》らせられ、あっという間に装飾《そうしょく》の凝《こ》った馬車に詰《つ》め込まれたのだ。

そして、無駄《むだ》に広い馬車の中で向かい合う私と父と継母。気まずい雰囲気《ふんいき》を、隣に座った異母妹のエリーゼが茶化《ちゃか》した。

「やだ、お姉様ったら。久々にお父様とお母様に会ったのに、世間話の一つもしないなんて！　さぞやお話が弾《はず》むでしょうに」

そう言ってクスクスと笑うエリーゼの目つきは、前世の嫌《きら》いだった人達に似ていた。

他人を嘲笑《あざわら》い、見下すことが大好きな瞳《ひとみ》だ。

私は彼女を無視して窓の外を見た。宮廷《きゅうてい》のある王都は栄えている。その街並みを眺《なが》めるだけでも十分暇《ひま》を潰《つぶ》せる。エリーゼや継母達と会話するよりも有意義な時間になると考えたのだ。

私の態度が癪《しゃく》に障《さわ》ったのか、継母のアイリスは憤慨《ふんがい》した。

「なんて生意気な子！　容姿が地味で愛想《あいそ》も無い子供が、ロータス殿下《でんか》に見初《みそ》められるはずがないわ。ねえ、あなた。やっぱり出席させるだけ恥《はじ》よ。今なら遅《おそ》くないわ。こんな子、屋敷《やしき》に置いていきましょうよ」

継母の言い分に父は首を振《ふ》った。

「何度も言っているだろう。今回の茶会は年頃の令嬢《れいじょう》を全《すべ》て出席させろと陛下からの仰《おお》せだ。私の一存で断れるわけないだろう」

父がギロリと睨《にら》めば、継母は口を噤《つぐ》んだ。その光景を可笑《おか》しそうにエリーゼが笑う。何が面《おも》白《しろ》いのだろうか。出会った頃から思考が読めないエリーゼが、私には薄気味《うすきみ》悪《わる》かった。

とはいえ、継母が私に期待しない理由は理解していた。

至極《しごく》単純。私の容姿が地味で、エリーゼは類を見ないほど愛らしかったからだ。

今世の私が不細工だとは思わないが、前世のようにとびきり美人というわけでもない。対してエリーゼは恐《おそ》ろしいほど容姿が整っている。このまま成長すれば、美しさだけが取り柄《え》だった前世の私でも敵《かな》わないだろう。それほどだった。

容姿だけならその差は一目瞭然《いちもくりょうぜん》。目が惹《ひ》かれるのは当然エリーゼの方だ。容姿の良さで未来の王妃《おうひ》を決めるわけではないだろうが、美しい方が有利なのは変わらない。そのことを父たちは理解しているのだろう。明らかに私とエリーゼではドレスの質が違った。装飾品やら髪型《かみがた》も凝っているのは彼女の方だ。

随分《ずいぶん》と気合いが入っている。尤《もっと》も、これからのことを考えれば当然であるが。

なにせ、今日お会いするのは天才美少年と名高いロータス王太子殿下だ。

カボス王国の第一王子であり、次期国王。そんな尊いご身分に引けを取らないほど、ロータス殿下の多才ぶりは市井《しせい》に広く噂《うわさ》されていた。

なんでも、まだ十二というのに、十ヶ国語以上の外国語を話せたり、現存する魔法《まほう》類は全て会得しているらしいとのこと。武術や学問も大人顔負けで、特に魔法に関しては研究者が嫉妬《しっと》

するほどだとか。

そのような華々《はなばな》しい活躍《かつやく》に比例するように悪い噂も絶えないが、所詮《しょせん》そんなものだろう。噂なんて尾《お》ひれがついて回るもの。話半分で聞き流す程度がちょうど良い。

とはいえ、これだけ多才な王子様だ。彼の妃《きさき》選びとなると、生半可な令嬢では勝負にならないと考えるのは自然だろう。力を入れるのも当然ね、と窓に映ったエリーゼをこっそり見ていたら、彼女に気がつかれた。げっ、と顔を顰《しか》めると、エリーゼはわざわざ身体《からだ》を寄せてきて耳元で囁《ささや》いてくる。

「落ち込まないで、お姉様。私より可愛《かわい》い令嬢なんていないのだから、仕方がないわ。もう勝負は決まっているようなものだもの」

ふふふ、とエリーゼが笑って肩《かた》に手を乗せてきた。ずっと笑《え》みを絶やさない妹が少し怖《こわ》い。今すぐ彼女の手を払《はら》いたかったが、その衝動《しょうどう》を抑《おさ》えじっと耐《た》える。すると、馬車がガタンと止まり、御者《ぎょしゃ》が宮廷に着いたことを知らせた。

私は内心で助かったと思い、居心地《いごこち》の悪い馬車からさっさと降りた。

父を先頭に目的地の中庭まで案内される際、エリーゼが私にだけ聞こえるように言った。

「お姉様。取り柄のないお姉様が王太子殿下に選ばれることなんてあり得ませんから。ご安心くださいね」

やはり笑《う》みを浮かべるエリーゼは気味悪い。しかし、彼女の言葉には同意した。

前世は美しさだけが取り柄だった。

今はその美しさすらない。

そんな私が、将来を約束された王太子の婚約者、ひいては未来の王妃になれるとは思えなかった。

だから、今回の婚約者選びは何事もなく終わるものだと考えていた。

少なくとも、私は当事者ではないと思い込んでいたのだ。

「こちらでございます」

そんな他人《ひと》事《ごと》気分だったからなのか、案内してくれた従者がとても疲《つか》れた顔をしているのに気づかなかったのは。

中庭に通じる扉《とびら》の前で、彼は深々と頭を下げる。

「では、本当に、お気をつけて――いってらっしゃいませ」

まるで戦争に赴《おもむ》く兵士を見送るかのような態度に、私を含《ふく》めた全員が首を傾《かし》げる。

問いかける前に、従者が扉を開けた。眩《まばゆ》い光が隙間《すきま》から漏《も》れ出す。私たちは眩《まぶ》しさに目を細めながらも、光に吸い込まれるよう中へ入った。

そして、一歩進んでから従者の言葉の意味を理解した。

私たちが足を踏《ふ》み入れたのは中庭でなく――

「ハーハッハッ！　どうした、皆《みな》の者！　こちらに来い！　余と共に戯《たわむ》れようではないか！」

――ロータス殿下が蔓《つる》を利用して縦横無尽《じゅうおうむじん》に飛び回る、ジャングルであった。

「…………」

私は絶句した。

宮廷の中庭は背の高い草や木々が密集して生《お》い茂《しげ》っており、至るところから動物の鳴き声が聞こえてくる。鮮《あざ》やかな模様の鳥が、動けずにいる私の肩にフンを落としていった。

「…………」

「…………」

父も継母《ままはは》も現状を呑《の》み込めずピシリと固まっている。エリーゼですら笑みを消して宙を舞《ま》うロータス殿下を見上げていた。

殿下は空高くから吊《つる》されている蔓を使って、楽しそうにジャングルを横切っている。次の蔓に飛び移る前に、私たちの存在に気がついたのか「おお！」と嬉《うれ》しそうな声を上げた。

「サベージ公爵《こうしゃく》達も来たか！　苦しゅうない、近《ちこ》うよれ。此度《こたび》は無礼講である。大自然の中で、余と共に戯れよう」

後半は私達に向けて言ったのだろう。蔓にぶら下がりながら、殿下は父から視線を私と異母妹に移した。

私が咄嗟《とっさ》のことに何も言えないでいると、エリーゼが「恐れながら殿下」と口を開く。

「父からお茶会だとお聞きしたのですが？　これではまるで野人の遊戯《ゆうぎ》ですわ」

いつもの笑みを浮かべながら、エリーゼは言った。

不敬とも取られそうな発言に、父と継母が顔を青くする。幸いなことにロータス殿下の機嫌《きげん》は損《そこ》ねていなかったようで、彼は「ほう？」と面白そうに目を細めた。

「何を言っている。余は婚約《こんやく》者を選ぶとは言ったが、茶会を開くとは招待状に一言も書いておらんぞ。勝手に勘違《かんちが》いしたのは其方《そなた》の父であろう？」

殿下の言葉にエリーゼは無言で父へ視線を投げる。父はびくりと肩を跳《は》ねさせたあと、震《ふる》える声で娘《むすめ》に謝罪した。

「す、すまない。エリーゼ。確かに招待状には婚約者選びをするとしか書かれていなかったけど、まさか中庭でこんなことが行われているとは思わなかったんだ……」

父は明らかにエリーゼに対して怯《おび》えていた。いくら娘が可愛いからといって、この程度で怖がるのはおかしくないだろうか？

異様な光景を私が怪訝《けげん》に思っていると、ロータス殿下が呆《あき》れたような様子で口を挟《はさ》んできた。

「ふむ、その程度か。エリーゼよ。余を恨《うら》むのならば、追いかけてみよ。もっとも、その蔓を握《にぎ》れるならの話だが」

殿下はそれだけ言うと、また蔓から蔓に飛び移って私達の目の前から姿を消してしまう。

すると、エリーゼがあからさまに不機嫌になった。異母妹の様子に、継母が慌《あわ》てて懇願《こんがん》する。

「エ、エリーゼ。お願いよ。機嫌を直してちょうだい。あなたが欲しいドレスも宝石も何でも買ってあげるから。ほ、ほら！　見なさい、エリーゼ。あそこで愚図《ぐず》な令嬢が転んでいるわ！　あんなに泥《どろ》だらけになって、ああ可笑《おか》しいこと！」

継母が左前方を指差した。そこには確かに同い年くらいの女の子が転んで泣いていた。

あそこの地面はぬかるんでいるのだろう。ドレスどころか頭まで泥だらけになって、膝《ひざ》には擦《す》り傷ができている。

泣いている彼女を笑う継母に思わず顔を顰めた。それに同調した父にも、異母妹にも。

ああ、くだらない。大嫌《だいきら》いだ。こんな連中。

私は彼らに背を向けて、転んでいる女の子のもとに向かった。

後ろで何やら言われているけど、無視する。ぬかるむ地面に気をつけて、私は女の子に声をかけた。

「大丈夫《だいじょうぶ》？」

手を差し伸《の》べれば、彼女は驚《おどろ》きつつも恐《おそ》る恐る手を握ってくれた。私は女の子を引っ張って立ち上がらせると、怪我《けが》の具合を確認《かくにん》する。

「膝、痛い？」

女の子はこくりと頷《うなず》いた。医務室に連れて行こうとすると、裾《すそ》を引っ張られ止められる。

「……ドレス、お母様が選んでくれたの」

そして、嗚咽《おえつ》を堪《こら》えるようにボソボソと話し始めた。

「お母様が殿下《でんか》の前だから可愛い格好でいきましょうねって。私の家、貧乏《びんぼう》だからそんな余裕《よゆう》ないのに……お父様とお母様が私のためにドレスを新調してくれたの。普段《ふだん》、苦労をかけているからご褒美《ほうび》だよって。これから大きくなるからすぐに着れなくなるかもしれないのに。それでも買ってくれたの……なのに」

女の子が、私の裾を強く握る。

「こんなに、泥だらけにしちゃったよ……」

彼女は言い終えると、堰《せき》を切ったように泣き始めた。

「……」

私が女の子の手をそっと離《はな》させると、彼女は怯えた様子で謝ってきた。

「あ、ご、ごめんなさい。あなたの服が汚《よご》れ――」

「泥なんか気にしてない」

誤解させてしまった女の子の手を優《やさ》しく握り、首を振《ふ》る。

そんなことより、もっと頭にきていることがある。

私は周りを見渡《みわた》した。至るところに天から蔓が垂れていることを確認して、先ほどの殿下の言葉を思い出す。

「余を恨むのならば、追いかけてみよ……ね」

私は女の子の手を離すと、すぐそばにあった蔓を掴《つか》んだ。

「やってやろうじゃないの」


「いやあああああ！　アザレア様！　おやめください！　危険でございま――きゃあ!?」

追ってきた女の子――先ほど名乗りあったときにリリアと言っていた――が地上で必死に首を振るが、私は構わず次の蔓へと飛び移った。

一瞬《いっしゅん》の浮《ふ》遊感《ゆうかん》のあと、地面へ引っ張られる感覚。その勢いを借りて、静止していた蔓を大きく動かす。そしてその勢いが死なないうちに、次の蔓へとまた飛び移る。今掴んでいる蔓はかなり高いところに吊されており、ここから落ちたらひとたまりもない。リリアが悲鳴を上げるのも無理もないだろう。

しかし私は綱渡《つなわた》りだと思いつつも、周りを見渡しロータス殿下を捜《さが》した。

久々に怒《おこ》った。あの王太子に一発いれなければ気が済まない。

あまりにも非常識。奇《き》をてらったのかもしれないが、宮廷《きゅうてい》の中庭がジャングルになっているなんて予想しろというのが無理な話だ。

蔓からぶら下がって地上を見下ろせば、私達の他《ほか》にもご令嬢《れいじょう》とその家族がいた。皆、正装かそれに準じた格好で来ており、それぞれ混乱した様子だった。

当たり前だ。宮廷に招待されたのだ。失礼に当たらない格好で来るのが普通である。しかも、王太子の婚約者選び。たとえ招待状に明記されていなくても、場所が中庭と指定されたのならお茶会やパーティなどといった様式を想像する。服装に気合いが入るのも無理はない。せめて、服装の指定があればリリアのように傷つかないで済んだのに――

ああ、むかつく。嫌い。大嫌い。臣下を顧《かえり》みない為政者《いせいしゃ》なんて私が一番嫌いなタイプだ！

私が色々と過去を思い出して腹を立ててると、視界にちらりと赤い髪《かみ》がよぎった。

私は慌ててそちらへ方向転換《てんかん》した。今度は燃えるような赤い髪の人物をはっきりと視界に入れる。

目的の人だと確信した私は、思わずニヤリと笑った。

見ぃつけた。

私はすかさず大きく身体《からだ》を揺《ゆ》らし、蔓《つる》に更《さら》なる勢いをつける。

ロータス殿下は、暇《ひま》そうに大木の枝に足を引っ掛《か》けてぶら下がっていた。斜《なな》め上空にいる私には気づいていないようだ。逆さまになった状態で欠伸《あくび》をし、ポツリと言った。

「むう、つまらんのう」

その発言に、私はリリアの泣いている姿を思い出し——不敬とか考える前に、身体が動いた。

勢いが一番強くなるときに蔓から手を離し、右足をピンと伸ばし殿下の腹部へと狙《ねら》いを定める。

未《いま》だぼうっと眠《ねむ》たそうにしている殿下へ、私は叫《さけ》んだ。

「——殿下ァ！　お覚悟《かくご》ォ！」

どこぞの刺客《しかく》かのような掛け声に、ロータス殿下が驚いたように私を見上げた。

「えっ」

殿下の呆《ほう》けた表情に、彼へ飛び蹴《げ》りを実行した私はやらかしに気がついた。

あっ。どうしよう。

着地、何にも考えていなかった。

後悔《こうかい》するももう遅《おそ》い。ときの流れは万人《ばんにん》に共通だ。

見事殿下に飛び蹴りを命中させた私は、彼と共に地上へ落ちていった。


前世で「お前は馬鹿《ばか》だねぇ」と、周りから散々言われていたのを思い出す。

「その野生児みたいにすぐ怒って行動する癖《くせ》を直さないと、早死にするよ」

これは前世のお母さんの言葉だ。なかなか辛辣《しんらつ》な評価だが、前世はその悪癖《あくへき》が直らず十八で死んだのだから、あながち的外れでもない。むしろ的確だった。流石《さすが》母親。子供のことをよくわかっている。

前世の悪癖は今世でも引き継《つ》がれるのだろうか。もしそんな題目の実験が行われているのなら、喜んでこの記録を提出しよう。

――ロータス殿下にお姫《ひめ》様抱《だ》っこされている、この現状を。

「…………」

「…………」

殿下も私も無言で顔を合わせる。

私は顔から血の気が引いていくのがわかった。

なぜ彼に横抱きされているのか。答えは単純。落下した私を庇《かば》ってくれたのだ。飛び蹴りを喰《く》らわせた私を、殿下《でんか》は宙で体勢を整えると私を抱《かか》えたまま地面に着地したのだ。

おかげで私には怪我ひとつないが、飛び蹴りした相手に助けられた状況《じょうきょう》に精神は傷だらけである。

やだ、私、とんでもなくかっこ悪い。めちゃくちゃ恥《は》ずかしい――なんて乙女《おとめ》な思考回路よりも先にギロチンが脳裏《のうり》に浮《う》かんだ。

ああ、さようなら私の首。今世でも胴体《どうたい》とおさらばだ。

私が使用人達への遺言《ゆいごん》を考えていると、ロータス殿下が声をかけてきた。

「うむ、其方《そなた》。怪我はないか？　もう下ろしても大丈夫《だいじょうぶ》そうか？」

殿下の言葉にハッと正気に戻《もど》る。慌《あわ》てて頷《うなず》いて、地面へ下ろしてもらう。

ロータス殿下は私に怪我がないかだけ確認《かくにん》すると、「よし」と満足気に笑った。

「しかし、面白《おもしろ》いな其方。まさか蔓を飛び移って、あそこから余に蹴りを喰らわすとは想像もしなかったぞ！　まったく、愉快《ゆかい》である」

ハハハ、と殿下は豪快《ごうかい》に笑う。私達の騒《さわ》ぎに駆《か》けつけ、他の参加者である令嬢やその付き添《そ》いが集まってきた。

無礼な行動を微塵《みじん》も責めない殿下の態度に、私は本命である進言を躊躇《ためら》った。

いま引き下がれば不敬な飛び蹴りを許してくれそうな雰囲気《ふんいき》だ。まだ私は死にたくない。二度目の死も断頭台でなんてごめんだ。命が惜《お》しければ、さっさとここから立ち去るのが最善かもしれない。

　……だけど。

　息を切らしてこちらに走ってきているリリアを見て、私は腹を括《くく》った。

「……助けていただきありがとうございます、ロータス殿下。しかし、恐《おそ》れながら申し上げたいことがございます」

　私は地面に膝《ひざ》をつき、頭を下げる。

　殿下の楽しそうな声が頭上から聞こえた。

「許す。面《おもて》を上げよ」

　私は顔を上げて、殿下と目を合わせる。

「此度《こたび》のことで、恨《うら》み言をひとつ、聞いていただけないでしょうか」

「恨み言だと？」

　予想外だったのか、殿下がきょとんと呆けた顔をする。私の言葉の意味がわからないのだろう。

　そんな殿下にやっぱり腹が立って、私は棘《とげ》のある声で言ってしまった。

「はい。殿下が招待なさったご令嬢の一人が、殿下の不手際《ふてぎわ》のせいで怪我をしたというのに、不誠実な態度であることについてです」

「……」

殿下は何も言わない。ただ燃えるような赤い瞳《ひとみ》を私に向けるだけだ。

続けろということだろう。私は殿下の気迫《きはく》に負けないよう、腹に力を入れた。

「此度の婚約《こんやく》者選びで、招待状には茶会だと一言も書いていないと殿下は仰《おお》せでした。ですが、同様に服装の指定もありませんでした。宮廷に招待されたのなら、正装およびそれに準じる格好をして、王族に礼儀《れいぎ》を示すのが王に仕える臣下の責務でございます。怪我をされたご令嬢はそれに則《のっと》り、臣下としての礼儀を殿下に示しました。私を含《ふく》む、他の者も同様です。しかし、殿下はいかがでしょうか」

言葉を一度区切る。周りからの視線が痛い。殿下からの圧力が怖《こわ》い。

それでも。だからこそ。

私は、進言を続けた。

「殿下は奇《き》をてらったあまり臣下に対して不都合を押し付けられました。それに対し、『つまらない』などと私達の忠誠を顧みぬご発言――あまりにも、不誠実ではございませんか」

遠くから父の怒鳴《どな》り声が聞こえてきた。無視して、必死に殿下へ訴《うった》える。

「私達は臣下でございます。王が死ねと命じられたのであれば喜んでこの命を差し出しましょう。しかし、その関係が成り立つのは、王が臣下に誠実である場合のみです。ロータス殿下。私達も人でございます。どれだけ王に尽《つ》くしてもその忠誠を顧みられないなら、いつか離《はな》れてしまうのが人の心というもの。どうか、殿下。周りをご覧になってください。あなたに仕える臣下達の顔を――っ！」

最後まで言えなかったのは、父が私の頭を押さえつけてきたからだ。額が地面にくっつくような姿勢を突然《とつぜん》取らされ、倒《たお》れ込まないよう咄嗟《とっさ》に両手で身体を支える。

「申し訳ありません！　ロータス殿下！　至らぬ娘《むすめ》が数々のご無礼を！　どうか、ひらに、ひらにご容赦《ようしゃ》を！」

父の焦《あせ》る様子が横からひしひしと伝わってくる。王太子に対して生意気な口を利《き》く娘が、自分の娘だったらこんな必死にもなるだろう。

それはそれとして、これで終わるつもりなんてさらさらないけど。

私が口を開こうとすると、父はそれを察してか頭を押さえつける力を強くする。こういうときの勘《かん》は良いのが腹立つ。世間に腹違《はらちが》いの娘がいることは隠《かく》せてないくせに。

すると、私の頭上からロータス殿下が言った。

「サベージ公爵《こうしゃく》。良い。此度は無礼講だと言ったはずだ。娘を押さえる手を退《ど》けろ」

「し、しかし」

「余はいま、其方の娘と話をしているのだ。貴公は少し黙《だま》っておれ」

口調こそ柔《やわ》らかいが、その雰囲気は有無《うむ》を言わせないものがあった。

父は渋々《しぶしぶ》と私から手を離す。私が顔を上げると、殿下は微笑《ほほえ》んだ。

「それで、其方は余に何を望んでいるのだ」

殿下の微笑は天使のような微笑みだ。同い年だというのに思わず魅了《みりょう》されてしまいそうになりながらも、私はずっと言いたかったことを吐《は》き出すように言った。

「私達に、殿下の誠実さを示してください」

殿下は少し困ったように眉尻《まゆじり》を下げた。

「しかし、余には其方が申す誠実さというものがわからぬ。それが何か、教えてはくれないか？」

「それは——」

自分で考えてください、と言いかけたとき、気がついた。

殿下の目が、面白がっていることに。楽しそうに笑っていることに。

まるで珍獣《ちんじゅう》を観察するかのような視線に、私は察してしまった。

私の訴えが何も届いていない。この人は、私が言いたいことをまったく理解していないんだ。

これだけ訴えても、周りを見てくれないんだ。

「お、おい」

私が立ち上がると、父が腕《うで》を引っ張って引き止めようとする。それを強引《ごういん》に振《ふ》り払《はら》い、殿下へ大股《おおまた》で近づいた。

「うむ？　なん——」

バシン！

頬《ほお》を叩《たた》く乾《かわ》いた音は、中庭に思いのほか大きく響《ひび》いた。

上がる悲鳴。背後で父が倒れる音。

赤くなった頬を押さえた殿下が、茫然《ぼうぜん》とした表情で私を見る。

私はもうほとんど本能のまま、殿下へと怒鳴っていた。

「そういう態度が、誠実じゃないって言ってんのよ！」

殿下がパチパチと瞬《まばた》きをする。なぜ怒《おこ》られているのか心底理解できないのだろう。

私は彼の胸《むね》ぐらを摑《つか》むと、周りに集まった人達を指した。

「ご覧になって。ここにいる人達はあなたに命令されて集まったのよ。皆《みな》が皆、王都に領地を持っているわけじゃない。なかには馬車で何日もかけて宮廷《きゅうてい》に来た人だっている。ドレスアップだってすぐに終わるわけじゃない。正装を用意することはもちろん、一人で着られるものじゃないから手伝いの侍女《じじょ》も必要になる。つまりね、お金も手間も時間もかけてここに集まったの。それをあなたって人は——」

木にぶら下がっていたときの殿下《でんか》を思い出して、胸ぐらを掴む手に力が入る。

「欠伸《あくび》をした挙げ句に『つまらない』ですって？　それが将来国を背負う男の誠実さか⁉　ふざけているのかしら。ええ、ふざけているんでしょうね！」

ロータス殿下は私の言葉に顔を真っ赤にして、肩《かた》をわなわなと震《ふる》わせた。

「な、なんだと⁉　余は至って真剣《しんけん》である！　余の使命を知らぬ其方に、好き勝手言われる筋合いはない！」

「他人に不都合押し付けて、自分の都合はわかってもらえると思ってんの⁉」

すかさず反論する。殿下は口喧嘩《くちげんか》に慣れていないのだろう。口をぱくぱくと動かすが、何も言えていない。私は大人気なく彼に詰《つ》め寄った。

「そもそも、殿下は私に反論する前に言うべきことがあるでしょう⁉　ふざけていないというのなら、彼女らにしかるべき態度を取ってください」

バッと後ろで遠巻きに見ているご令嬢《れいじょう》達を手で示す。リリア以外にも、泥《どろ》や埃《ほこり》を被《かぶ》った女の子はたくさんいた。ドレスが破れている子や、怪我《けが》をした子もいる。付き添《そ》いの家族や使用人も似たような感じだった。

その光景に殿下は、うっと言葉を詰《つ》まらせ、バツが悪そうな表情を浮《う》かべた。その目はうっすら潤《うる》んでいる。

「余、余は悪いことしてないもん……」

「あ？」

思わず聞き返す。なに？　この期《ご》に及《およ》んでまだ言い訳するの？

私の心の声が聞こえたのか、殿下はびくりと震えたあと、うつむきながら何かを呟《つぶや》いた。

「……なさい」

「聞こえません」

腹から声出せ。蚊《か》の鳴くような声でボソボソ言ったところで謝るべき相手に聞こえなかったら意味ないのよ。

ロータス殿下は顔を上げて、赤い瞳《ひとみ》に涙《なみだ》を溜《た》めながら大声で謝罪した。

「――ごめんなさい！」

そして殿下がわっと泣き始めると、中庭の風景が歪《ゆが》み始める。

驚《おどろ》いて反射的に目を瞑《つぶ》る。しばらくして恐《おそ》る恐る目を開けると、そこには素晴《すば》らしい手入れがなされた庭園が広がっていた。

「……えっ？」

ジャングルはどこいった？

私がきょろきょろと辺りを見渡《みわた》していると、殿下がしゃっくりを上げながら説明してくれた。

「ほ、本当は……ぜ、全部、まやかし……魔法《まほう》で、に、偽《にせ》の風景を、つ、つくってて……」

「ま、まやかし……？」

殿下の言葉で頭に上っていた血が元に戻《もど》り、どんどん冷静さを取り戻していく。

よく周りを見れば、ボロボロだったご令嬢達が元の姿に戻っている。リリアも同様だ。泥だらけだった彼女のドレスは、シミひとつない新品へと変わっていた。

リリアの変化で、私は気がついた。

あれ？　もしかして私、とんでもないことやらかしてない？

「い、偽《いつわ》りだから、ほ、本来は、触《ふ》れられない……けど、妃《きさき》のし、資質を持った者だけ、余と同じ、ように……蔓《つる》に触れられる、ように、してた……」

私は錆《さ》び付いた歯車のような仕草で、ロータス殿下へ振り返った。拭《ぬぐ》っても拭ってもボロボロと目から涙が溢《あふ》れる殿下の姿を、痛ましく思った。

「で、でも、ここまで、怒られるとは、思ってなかっ……ごめんなさい、ごめんなさ――」

殿下は堪《こら》えきれなくなったのか、最後は言葉にできず「うわあああああん」としゃがんで大泣きする。

ロータス殿下の号泣《ごうきゅう》に、私は立ち尽《つ》くした。

頭の中に、ポツンポツンと単語が浮かんでくる。

早とちり。

勘違《かんちが》いで無礼しまくった女。

不敬すぎて処刑《しょけい》確定。

ギロチン再び。

バイバイ私の首。

来世も人間が良いな。


今世に別れを告げている最中《さなか》、私は大事なことを思い出した。

そうだ。何の取り柄《え》もない私だけど、だからこそ人としての誠実さを失っちゃダメだ。

私はそのことに気がつくのと同時に、身体《からだ》を動かした。

「――ロータス殿下あああ！　ご無事ですかあああ⁉」

「――申し訳、ありませんでしたァ‼」

騎士《きし》団長が大声で中庭に入ってくるのと、私が華麗《かれい》な土下座を殿下に決めたのは、ほぼ同時であった。

前世は享年《きょうねん》十八。今世は享年十二か。早死にばっかしているなー、私。もう少し長生きしたいけど無理かな。無理だな。だって私馬鹿《ばか》だし。おまけに短気だし。あれ？　やっぱ無理じゃん。来世は人間以外の生物の方が長生きできそう。神様に祈《いの》っておこう。来世は人間以外にしてくださいって。

そんな現実逃避《とうひ》をしていると、目の前に座っている人物が咳払《せきばら》いをした。その人はメガネをかけ直すと、私に尋《たず》ねた。

「ちゃんと聞いておられますか？　アザレア嬢《じょう》。私の言っていること、理解していらっしゃいます？」

「ええ。わかっております。宰相《さいしょう》様。最後《さいご》の晩餐《ばんさん》は羊の肉が良いですわ」

「何ひとつ伝わっていませんね。よろしい、もう一度最初から説明します。今度はしっかり聞いていてください」

几帳面《きちょうめん》そうな仕草で、宰相のエルメット様はメガネのズレを直した。

中庭でロータス殿下を泣かせたあと、何故《なぜ》か私はまだ宮廷にいた。今は宰相の執務《しつむ》室で王太子ロータス殿下の生《お》い立ちを教えてもらっている。

うん。なんで？

いろいろとやらかした後だから父や継母《ままはは》と離《はな》れることができたのは助かるけど、それはそれとしてこの状況《じょうきょう》はおかしくないか？　どうしてまだ生きているんだ、私。

中庭に騎士団長のクリーク様が駆《か》けつけてきたとき、私は死を覚悟《かくご》した。

だって、ロータス殿下《でんか》に飛び蹴《げ》りをした挙げ句、平手打ちからの謝罪まで彼を追い込んだのだ。しかも、全《すべ》て私の早とちりから起こった出来事。目撃《もくげき》者は多数いる。言い逃《のが》れはできないしするつもりもない。その場で切り捨てられてもおかしくない所業だ。

私が「世話になった使用人達にせめて遺言《ゆいごん》を」とクリーク様に慈悲《じひ》を乞《こ》う前に、泣きじゃくっていたロータス殿下が先手を打った。

「クリーク……そこの娘《むすめ》を、エルメットに、預けよ」

嗚咽《おえつ》混じりに殿下はクリーク様に命令した。主《あるじ》に忠実な騎士団長は、戸惑《とまど》いながらも私を中庭から連れ出し、宰相のエルメット様のもとまで届けた。

エルメット様も突然《とつぜん》のことに驚かれていたのだけど、クリーク様と一言二言言葉を交《か》わして、渋々納得《しぶしぶなっとく》したようだ。

クリーク様が用は済んだと執務室から出て行くと、エルメット様は私を椅子《いす》に座らせた。

そして、何故かロータス殿下の生い立ちを聞かされるはめになったのだ。

「殿下は三つで大陸言語を全て覚え、五つで古代言語を含《ふく》めた呪文《じゅもん》言語を理解し、七つで魔法に関する王国の書物を全て読破しました。十二となったいまは、ご自身が論文を執筆する立場であり、またいくつか著書を出版しており……」

殿下の超人《ちょうじん》ぶりを先ほどから延々と聞かされているのだけど、これはどういった意図が隠《かく》されているのだろうか。

あれかな？　お前はそれだけ偉大《いだい》な人を泣かせたんだぞ。死ぬ前に悔《く》い改めよ、てこと？

「良いですか？　はっきり申しますと、王太子殿下は普通《ふつう》ではありません。殿下は多岐《たき》に亘《わた》る才能に満ち溢れており、かのお人以上の人物は現在の王国には存在しないでしょう。算術、武術、魔法。特にこの三つは、殿下の右に出る者はいません。まさに才子。神の申し子。ですが、天才は天才でも、その行動は天災そのものでございます」

話半分に聞いていたところ、突然エルメット様が話の主旨《しゅし》を変えた。それまで殿下の生い立ちを淡々《たんたん》と説明していただけなのに、急に声色《こわいろ》を変えて忠告じみたことを言ってきたのだ。

「嵐《あらし》を完全に予測できないように、殿下もそういった自然災害に近いときがあります。普段は大人しいのですが、突発的に非常識な行動を取るときがあるのです。たとえば——今回の婚約《こんやく》者選びのように」

エルメット様のメガネが怪《あや》しく光る。私は彼の態度で、今回の件が殿下の独断であることを察した。

「……そして、嵐に抗《あらが》える人間がいないように、誰《だれ》もあの子を咎《とが》められなくなったのです」

背後から飛んできた声に、私は肩《かた》を跳《は》ねさせる。恐る恐る振《ふ》り返れば、出入り口の扉《とびら》に人が立っていた。

初老の女性だ。その高貴な人物には見覚えがあった。

「ガブリア陛下!?」

私は椅子から跳ねるように立ち上がった。エルメット様も立ち上がり、王妃《おうひ》に対して敬礼する。慌《あわ》てて私は彼に倣《なら》うと、ガブリア王妃は安心させるように微笑《ほほえ》んだ。

「そんなに畏《かしこ》まらなくてもよろしいのですよ、アザレア嬢。もっと楽にしてくださいな」

一国の王妃を前に楽にしろという方が無理です。

私が突然のことに緊張《きんちょう》していると、王妃陛下の後ろからひょっこりと国王陛下も顔を出してきた。

「余もおるぞー」

国王であるラインハルト陛下はのんびりとした態度で執務室に入室してくる。

そして、私の向かい側のソファにお座りになった。続いて、王妃陛下も腰《こし》を下ろす。

え？　何が起こるんです？

王族自ら手討《てう》ちにしてくれるってことですか？

私が混乱していると、王妃陛下が優《やさ》しくお声をかけてくれた。

「アザレア嬢、おかけになって。此度《こたび》は私的なもの……いえ、正直に話しましょう。私どもはいま、国王と王妃ではなく、ただの人の親としてここに座っております」

ガブリア王妃が暗い顔をすると、隣《となり》に座っていたラインハルト陛下が懐《ふところ》から手のひらサイズの水晶《すいしょう》を取り出した。その表面には、手入れされた庭園が映っている。

「中庭の件は、この遠見の術で全て把握《はあく》しておる。其方《そなた》が余の息子《むすこ》ロータスにしたこと、全て、な」

あっ。やっぱり手討ちですか。逃《に》げないので遺言だけ書いてもよろしいでしょうか？　そうだ。その前に謝罪ですよね。

私が両陛下へ土下座をしようと腰を浮《う》かしかけたとき、ガブリア王妃が私の肩を掴《つか》んで、必死の形相で仰《おっしゃ》った。

「――逃がしませんわよ！　念願の娘を！」

「はい？」

続いてラインハルト陛下も私の肩を掴んだ。

「うむ。これだけ肝《きも》の太いご令嬢が将来の王妃なら、カボス王国の未来も安泰《あんたい》であろう」

「はい？」

いま、なんて仰りましたか。

王妃？　誰が？

『アザレア嬢』

お二人が同時に私の名を呼んだ。私の肩を掴む手が強くなる。

「あなたほどロータスに相応《ふさわ》しい子はいないわ」

「うむ。ゆえに、ラインハルト・クル・カボスとガブリア・クル・カボスが命じる」

両陛下はまたも口を揃《そろ》えて、私に言った。

『ロータスの婚約者となりなさい』

……はい？


春の夜はまだ肌寒《はださむ》い。私は薄《うす》い上着を羽織って、宮廷《きゅうてい》の中庭を歩いていた。

あの後、両陛下の話を聞いていたらすっかり夜が更《ふ》けてしまった。こんな時間帯に帰すのは申し訳ないと、今日は宮廷に泊《と》まりなさいと王妃陛下が提案してくれたのだ。父たちと顔を合わせたくない私は、その厚意《こうい》に甘えることにした。

「……ふぅ」

季節の花々が植えられている花壇《かだん》を眺《なが》めながら、私は今後のことを考える。

もう虫も寝《ね》静《しず》まっている時間だというのにこうして散歩をしているのは、今日のことが頭から離れなくて眠《ねむ》れなかったからだ。

私は、王妃陛下から聞いた話を思い出した。

「あの子はね、昔、懐《なつ》いていた乳母《うば》を大怪《おおけ》我《が》させたことがあるの」

そう言って、ガブリア王妃は悲しそうに目を伏《ふ》せた。

「ほんとうに些細《ささい》なことで癇癪《かんしゃく》を起こしてね。それを諫《いさ》めた乳母に対してこう怒《おこ》ったの。『うるさい』って。もう五年以上昔のこと。ロータスがまだ四つか五つの頃《ころ》だったわ。普通の子供なら大したことない言葉でも、特別なあの子は違《ちが》った。呪《のろ》いが発動したの。意図せず、無意識に、発動させてしまったのよ」

私は頭の隅《すみ》で、陛下の話と似たような噂《うわさ》があったことを思い出す。

ロータス殿下は気に入らない人物を呪い殺す、と。当時の私は真偽《しんぎ》が定《さだ》かではないと噂を聞き流していた。考えてみれば、過去に起こった事件を元にし、実態を誇張《こちょう》して話すということは別に珍《めずら》しくない。殿下の噂も、そうして面白《おもしろ》おかしく広まったのだろう。

「乳母は命を取り留めたものの、二度と声を出せなくなり、宮廷から去っていった。ロータスは激しく後悔《こうかい》していたわ。あのときのあの子は見ていられなかった……そして、これがきっかけで、あの子を諫めるひとはいなくなっていった——私達も、含めてね」

自虐《じぎゃく》するように、王妃陛下は笑った。

隣にいたラインハルト陛下が、ガブリア王妃の肩をそっと抱《だ》く。

「……幸いにも、ロータスは道徳的な息子だった。そのおかげか、今日に至るまで乳母のような悲劇は起こっていない。だが、それがいつまでも続くわけではない。人として、王として、道を踏み外しそうになったとき、息子を殴《なぐ》ってでも元に戻《もど》せる存在——そんな娘を探していたのだ」

国王陛下の言葉に、「買い被《かぶ》りすぎだ」と心の中で否定した。

私は、そんな立派な存在じゃない。

前世で、皇妃《こうひ》として全く役に立たないどころか、たくさんの人を不幸にした。

皇帝は大嫌《だいきら》いだったし、私が死んだ元凶《げんきょう》でもあるけど、それでも彼は為政者《いせいしゃ》として立派な人だった。少なくとも、彼の政治のおかげで何十万人もの民《たみ》が救われたのを、私は知っている。

対して私はどうだ。誰かを救ったどころか、家族や友人すら助けることもできなかった。

大切な人すら守れなかった私に、ロータス殿下《でんか》を諫める立場なんて務まるはずがない。

ましてや、王妃なんて。

「お願い、アザレア嬢《じょう》」

ガブリア王妃が、涙目《なみだめ》で言った。

「あなたにしか、頼《たの》めないの」

――あの子を怒ってくれた、あなたにしか。

「あー！　もう！」

私はその場にしゃがみ込み、頭を抱《かか》えた。

どの世界も権力者なんて自分勝手だ。私は、誰かのために怒れるような人間じゃないのに。

あのときはただ、私が許せなかった。むかついた。腹が立った。だから、怒った。ただそれだけなのに。

「どうしてこうなるのよ！」

感情のまま叫《さけ》ぶと、背後から足音が聞こえてきた。

え？　こんな夜中に誰？　もしかして幽霊《ゆうれい》!?

私が顔を青くして恐《おそ》る恐る振り返れば、そこにはロータス殿下が立っていた。

「――あ」

気づかれると思わなかったのか、殿下の動きが一瞬《いっしゅん》止まる。私の肩あたりまで伸《の》ばした手を引っ込めて、彼はおどおどと尋《たず》ねてきた。

「……き、気分でも悪いのか？」

「え!?　あ、いえ、全然元気です！　ほら！」

私はすくっと立ち上がると、どこも悪くはないと腕《うで》を広げて全身を見せる。

私が元気なことが伝わったのか、殿下はホッと息を吐《は》いた。その安堵《あんど》した表情はどこか寂《さみ》しげで、目を離《はな》せば消えてしまいそうな雰囲気《ふんいき》だった。

「なら良い。どこか具合が悪くなったら、すぐに知らせよ。良いな？」

そう言って踵《きびす》を返す殿下の腕を、私は咄嗟《とっさ》に掴まえてしまった。

彼が怪訝《けげん》な顔で振《ふ》り返る。

「なんだ？　まだ、何か用が？」

「え、えっと、そういうことではないのですが……」

まずい。反射的に引き止めてしまった。

私は頬《ほお》を掻《か》きながら、あははと苦笑いを浮かべた。

「ちょっとまだ眠れませんので、よろしかったら散歩に付き合っていただけませんか？」


どうしてこう私は自分で墓穴を掘《ほ》るんだろう。

真夜中、中庭を殿下と歩きながら、私は激しく後悔していた。

ロータス殿下は無言だった。当たり前だ。昼間、自分を泣かせた女と何が悲しくて散歩しなければならない。いや、私が誘《さそ》ったからなんだけど。断ってくれて良かったのに。

私は鉛《なまり》のような重い静寂《せいじゃく》に耐《た》えられず、何とか会話の糸口を探した。

「そ、そういえば！　殿下はなぜ、こんな夜更けに外にいらっしゃったのですか？」

「……特に、意味はない」

「そ、そうなんですね〜。私は、ちょっと考え事がしたくて外にいたんですよ〜。夜の庭も粋《いき》ですね〜」

語尾《ごび》を伸ばして笑うが、殿下は乗ってこない。

再び沈黙《ちんもく》が落ちる。夜風が、私たちの間を吹《ふ》き抜《ぬ》けた。

き、気まずい……！

私は謎《なぞ》の汗《あせ》を手のひらにかきながら、会話が続きそうな話題を探した。

「殿下はよく、夜に散歩をなさるのですか？」

「いや、全然」

しないのかよ。

「で、では、今日は珍しい日なんですね～」

「ああ」

会話を終わらせようとするな。

もっと反応をください殿下。

私があたふたと次の話題を探していると、ロータス殿下が呟《つぶや》くように言った。

「……寝室《しんしつ》の窓から庭を眺めていたら、其方《そなた》を見つけた。花壇のそばで蹲《うずくま》っていたから、気になって声をかけた。余が外に出てきた理由は、それだけだ」

彼の発言に不意を突《つ》かれ、私は「えっ？」と間抜けな声を漏《も》らした。

それって、私を心配してわざわざ外に出てきたってこと？

どうして、と理由を尋ねようとして、開きかけた口を閉じる。王妃《おうひ》陛下から聞いた乳母の話を思い出したからだ。

「其方は、ケイトの……余の乳母だった者の話を聞いたのだろう？」

ぎくりと身体《からだ》を強張《こわば》らせる。誰《だれ》だって勝手に過去を話されたら嫌《いや》な気分になるだろう。私が謝罪するよりも、殿下が話す方が早かった。

「隠《かく》さなくても良い。エルメットから話は聞いている。両陛下が其方に無理を言っていることも、其方が乗り気でないことも」

殿下は苦笑《くしょう》して、目を伏せた。

「当然だ。余に呪い殺されるかもしれぬのに誰が嫁《とつ》ぎたいと思うか。両陛下には余が話をつけておく。其方の処遇《しょぐう》も……どうにかしよう」

殿下の淡々《たんたん》とした物言いに反して、私の足は重くなっていった。少し前を歩く彼から目を逸《そ》らし、気づかれないようにうつむいた。

私はロータス殿下のことを知らない。でも、自分のせいで大切な人を傷つけてしまった、不幸にしてしまったときの苦しみは、痛いほど知っている。

後悔と罪悪感で押しつぶされそうになって、いくら贖罪《しょくざい》しても気が済まず、どれだけ過去を悔《く》いても結果は変わらない。そんな当たり前な現実に正気を保てなくなって、やがて、自分のことを憎《にく》むようになるのだ。

あのとき、こうしていれば。こうしなければ。もっと私が賢《かしこ》かったら。もっと私が優秀《ゆうしゅう》だったら。

そうやって、過去のことばかりを考えてしまう。

割り切ることなんてできない。忘れることもできない。きっと、ずっと背負っていくものだ。

そんな中で、他人の慰《なぐさ》めの言葉なんか響《ひび》かない。良くわかっている。

……それでも、私は。

「……冷えてきたな。そろそろ部屋に戻る——」

「ロータス殿下」

私は、顔を上げた。殿下の名を呼んで、足を止める。振り返った彼に向かって、私は全身を見せつけるよう両手を広げた。

「ご覧の通り、私には怪我《けが》ひとつありません」

「……？」

「殿下は身をもってご存知でしょうが、私は結構丈夫《じょうぶ》な性質《タチ》です。ちょっとやそっとでは傷つきません。殿下を泣かすぐらいですし」

「……」

だからなんだよって顔をしていらっしゃる。ご尤《もっと》もな反応だ。

殿下の訝《いぶか》しげな視線を受けながら、私は偉《えら》そうに腕を組む。

「ですから、ロータス殿下《でんか》はもっとふんぞり返って、無礼な私を罵《ののし》るべきなのです」

「の、罵る？」

「はい。『命が惜《お》しかったら余に忠誠を示してみせよ。ほれ、余のつま先は空いているぞ』って、感じで」

「……」

ドン引きされた。

無言で後退する殿下に、「冗談《じょうだん》ですよ」と言って引き止める。

場を和《なご》ます冗談のつもりで前世の皇帝《こうてい》を真似《まね》してみたが、あまり受けは良くないみたいだ。

今度からは気をつけよう。

「ま、まあ。要は、私は殿下の想像以上に、図太い女です。ですから——」

そこで、私は一度言葉を切った。

殿下の心情は、あくまでも私の臆測《おくそく》だ。彼が乳母《うば》の事件を引きずっているとは限らない。

もし、心に傷を負っていたとしても、そう簡単に癒《い》えるものなら苦労しないと、良く理解している。

だからこれは、私が満足するためだけの行動。ただの自己満足に過ぎない。

でも、私はそういう女だ。

「——私は、ロータス殿下に呪《のろ》い殺されるかもと怯《おび》えてはいません。これっぽっちも、恐《おそ》れていませんよ」

私は腕を組んだまま、とびっきりに笑って言ってやった。

殿下は微《かす》かに目を大きくして、戸惑《とまど》った表情を浮《う》かべたあと、観念したように笑《え》みをこぼした。

「やはり、其方は面白《おもしろ》いな」

年相応の笑顔は、月明かりしかない夜の中で輝《かがや》いて見えた。

その光景に私が目を丸くしているのも構わず、殿下は夜空を見上げて言った。

「実は、其方に言われたことをずっと考えていたのだ」

殿下の言葉を、私は黙って聞いた。

「――誠実とは一体何であろうか、と」

殿下は私に話しかけるというよりも、独りごちるように話し続ける。

「余は国のため、民《たみ》のために働いていると自負しておった。だが、余の思いは万人《ばんにん》に届いていないのだと、昼間の其方を見てわかったのだ……それまでは、誰もかれも余を否定してこなかったからな」

そして殿下は思い出したかのように、ふふ、と口を押さえる。

「いや、しかし、頰《ほお》を殴《なぐ》られたのは生まれて初めてだった！　あれほどの衝撃《しょうげき》は中々なかったぞ！」

ロータス殿下は私の前に躍《おど》り出ると、私の手を摑《つか》んできた。

「正直に言おう。余は、まだ其方が言った誠実さとは何なのか、答えが出ていない」

そして、燃えるような赤い瞳《ひとみ》が、私をじっと見つめる。

「だから――頼《たの》む。アザレアが、教えてくれないか？」

その瞳は昼間と違《ちが》い、真剣《しんけん》であった。

「余が間違っているのならば、教えてほしい。正してほしい。余は、あまりにも人と違いすぎる。それゆえ、此度《こたび》のように乖離《かいり》が起きた。だから、臣民の心が離《はな》れる前に――アザレアが、余を叱《しか》ってほしい」

ロータス殿下は私の手を握《にぎ》る力を少し強めた。

その真剣な表情に、私はため息を吐《つ》く。

ああ、もう。全くもって、権力者なんて身勝手だ。自分の都合しか考えない。嫌《きら》いだ、嫌い。

――なのに。

己《おのれ》の行動を反省して、過去の傷と向き合おうとしている彼の手を、私は払《はら》えなかった。

これが私の答えだ。

私は歯を見せるように笑って、殿下に意地悪く言ってやった。

「今度は、泣かないでくださいね？」

殿下はびっくりしたあと、恥《は》ずかしげにうつむいた。

「それを言うのは、ずるいぞ……」

耳まで真っ赤にしたロータス殿下が可愛《かわい》らしくて、私は思わず笑顔になる。

春の夜風はまだ冷たくて、火照《ほて》った頬を冷やすにはちょうど良い。

甘く爽《さわ》やかな花が香《かお》る、そんな夜だった。

# 第二章　ピクニック

そんなこんなで私は超人《ちょうじん》王太子であるロータス殿下の婚約《こんやく》者となった。

それからの日々は大忙《おおいそが》し。

まず私は、実家の公爵《こうしゃく》家から宮廷《きゅうてい》の王太子妃《ひ》の部屋に仮住まいすることとなった。というのも、両陛下と殿下が私の身の安全を考えてくれた結果だ。父と継母《ままはは》の関係は社交界でも有名らしく、私が家族と不仲であることも彼らは察してくれた。最初は断ったが、あからさまな虐待《ぎゃくたい》はなかったとはいえ、これがきっかけで万が一ということもあり得ると、ロータス殿下に力説されては頷《うなず》くしかない。私の返事に、殿下は喜んだ。

引っ越《こ》しの際、一悶着《ひともんちゃく》あるだろうとは考えていたが、父と継母が私を引き止めたのは意外だった。てっきり二人とも喜んで追い出すと思っていたのに。父はともかく、継母まで異様に食い下がってきたのは何だったのだろうか。エリーゼはやっぱり笑っているだけだし。付き添《そ》ってくれたロータス殿下が一緒《いっしょ》に交渉《こうしょう》してくれたおかげで、無事に引っ越しは済んだけども。

それにしても、事前にエルメット様から貰《もら》った「サベージ公の弱点リスト」がとんでもなく役に立った。ありとあらゆる情報が書かれていて恐怖《きょうふ》を覚えたくらいだ。ロータス殿下も殿下で公爵家の不正ギリギリな行為《こうい》を把握《はあく》していたし、どういう情報網《じょうほうもう》を持っているのだろうか。

まあそういうことで仲の良かった使用人と一緒に引っ越しが完了《かんりょう》したところで、新たな問題が私の前に立ちはだかった。

そう、王妃《おうひ》教育である。

将来王と共に国を担《にな》う者として、時には国王の代理を務める者として、それに相応《ふさわ》しい教養とマナーを学び、身に付ける。それが王妃教育だ。政治、経済はもちろん、他国の言語、文化やマナー、さらにはダンスや各国の主要王侯《おうこう》貴族の名前と顔を暗記しなければならない。

正直、前世のことを未《いま》だ引きずっているため、「王妃」という単語に尻込《しりご》みしてしまう。ましてや、私が王妃の器《うつわ》かと問われれば首を横に振《ふ》る。婚約者になることは引き受けたが、ロータス殿下が叱る必要が無くなるほど立派な人物になれば、私は身を引くつもりだった。

だから、王妃教育を受ける必要は無いといえば無い。

だけど、手を抜《ぬ》くのも嫌いだ。

何事にも全力……とまではいかないが、わざと不真面目《ふまじめ》になるのは違う気がした。人生でこんなに勉強できる機会はそうそう無いし、それに、王として「誠実」とは何なのかきちんと向き合おうとしているロータス殿下の気持ちに応《こた》えたい。そのために、たとえ無駄《むだ》になろうとも真剣に王妃教育を受けようと、私は決めたのだ。

頭のできが可もなく不可もなくな私にとって、大変な授業であった。

とはいえ、座学はまだ学ぶ意味がわかる。他国の使者と交流するときに必須《ひっす》の知識だったり、国の平和を維持《いじ》するための知恵《ちえ》だったりなど、将来王妃として役に立つであろう授業だったからだ。大変ではあるが必要性が理解できる、そんな授業であった。

問題はこれではない。

私がもっとも疑問視している授業。

それは、体育である。

「こ、これって……ほんとうに、王妃に、必要なの……？」

ぜいぜいと息を切らしながら、疑問を声に出す。痛くなった脇腹《わきばら》を押さえ、重くなった足を引きずるように前へ進ませる。

「何を仰《おっしゃ》いますかアザレア様！　知識と教養が姿なき剣《けん》ならば、体力と筋肉は寡黙《かもく》な鎧《よろい》でございます！　さあ！　あと一周がんばって走りましょう！」

馬鹿《ばか》でかい声と共に私の後ろを走るのは、体育の指導者であり騎士《きし》団長のクリーク様だ。

日の出前。まだ空が薄紫《うすむらさき》色に染まっているなか、私は騎士団の訓練場でなぜか走らされていた。

クリーク様曰《いわ》く、何事も体力が必要。最後に物を言うのは筋肉である。ゆえに、成長期の今、体力の底上げを図《はか》りましょうということだ。

特に私は、内向魔力《まりょく》特化型のため身体《からだ》を鍛《きた》えた方が遥《はる》かに役に立つとのこと。

　この世界には魔力が二種類あり、それぞれ外部魔力と内向魔力と呼ばれている。名の通り、外部魔力は手から炎《ほのお》や水を出す魔法などに使用する魔力。内向魔力は身体機能を大幅《おおはば》に向上させる魔法に使用する魔力だ。

私はその外部魔力がすっからかんなため、華《はな》やかな魔法を発動できない。せっかく前世とは異なる世界に生まれ変わったのだから、一度は使ってみたいと挑戦《ちょうせん》してみたところ、うんともすんとも言わなかった。殿下の魔《ま》法陣《ほうじん》を丸写ししても無理だった。そのことに彼は苦笑《くしょう》しながら理由を教えてくれた。

「魔力は個々によってそれぞれ波長が違う。その形に適するよう魔法陣や詠唱《えいしょう》を組まなければ、初級魔法すら発動しない。魔導学でその適応方法を学ぶのだ」

「では、その魔導学を勉強すれば私も手から炎とか出せるのですか？」

「アザレアの場合だと少し難しいな。外部魔力と内向魔力の比率がどちらか片方に偏《かたよ》りすぎている場合、使用できる魔法の種類が限られてくる。そもそも、脳の構造がそれぞれ異なるのだ。外部魔力特化型を頭脳派とすると、内向魔力特化型は反対に……」

「反対に？」

「肉体派だ」

「肉体派」

「つまり、脳筋だ」

「脳筋」

殿下《でんか》ひどい。飛び蹴《げ》りしたのを根に持っているのだろうか。いや、平手打ちの方かな？

どちらにせよ、うら若き乙女《おとめ》に対して辛辣《しんらつ》すぎる評価をもらった私は、まずは長所を伸《の》ばそうということで、同じ内向魔力特化型であるクリーク様から授業を受けることとなった。

彼も私も昼夜は忙しいため、時間の取れる早朝にこうして体育の授業を行っている。

でもこれ本当に必要？　体力も筋肉も日常生活に大して必要ないじゃん。絶対いらないって、この授業。

私はクリーク様に恨《うら》みを覚えながら、柔《やわ》らかい土の上をのろのろと走った。

「うむ。ゴールまであと少しだぞ、アザレア！　頑張《がんば》るのだ！」

そして、隣《となり》で一緒に走っているロータス殿下から応援《おうえん》される。

私がこの授業を嫌《いや》がっているのがクリーク様にバレているのだろう。殿下を巻き込むことで私の逃亡《とうぼう》を阻止《そし》しているのだ。

ちなみに、殿下は万能《ばんのう》型らしく、どちらの魔力も使えるらしい。もともと身体を動かすのが好きだという理由で、体育の授業に嬉々《きき》として付き合ってくれている。今も殿下は足と腕《うで》に合計大人一人分ほどの重りを着けて、私の横で走ってくれていた。

多分、ロータス殿下はもっと速く走れるはずだ。それでも私に速度を合わせてくれているのは、彼の優《やさ》しさゆえだろう。まあ、尤《もっと》も、今の私にはそれに感謝する余裕《よゆう》がないんだけど！

私は一刻も早くこの苦しみから解放されたくて、走る速度を上げ、ゴールまで一気に駆《か》け抜けた。

「終わり!!」

私は走り終わりの場所を越《こ》えたところで、その場に座り込んだ。

もう無理。動けない。動きたくない。心臓すごく痛い。空気。新鮮《しんせん》な空気が欲しい。

そうして私が休んでいると、クリーク様が困った顔で言った。

「アザレア様。終わった途端《とたん》座ったらダメですよ。ゆっくりで良いので一周歩いてください。そのあと、身体を解《ほぐ》す柔軟《じゅうなん》をしませんと」

えぇ……やだ。

何で走ったあとにもう一周歩かないといけないのよ。終わりで良いじゃん。

私はよほど嫌そうな顔をしていたのだろう。ロータス殿下が苦笑して、私の腕を引っ張って立たせようとする。

「ほれ。アザレア。余と一緒に歩こう」

「うぅ……ロータス殿下ぁ」

懇願《こんがん》するように殿下を見上げるも、笑顔《えがお》で首を振られた。

「ダメだ。運動後、急に休むと身体に悪い。余と話しながら、一周だけ歩くぞ」

そう言って私を立たせ、殿下は私の手を引いて歩き始めた。その後ろを、のろのろと付いて行く。

おかしい。私はロータス殿下を正すために婚約者《こんやく》となったというのに、これではまるで私の方が世話になっているではないか。いや、実家から離《はな》れるとき助けてもらったし、実際お世話になっているんですけど。

私が脳内で愚痴《ぐち》を吐《は》いていると、殿下が話しかけてきた。

「アザレアは身体を動かすのが嫌《きら》いか？」

「乗馬やダンスは好きですが、走るのは嫌いです」

「む。乗馬が好きなのか！ 奇遇《きぐう》だな。余も馬や動物に乗るのが好きだぞ」

「殿下は馬以外の動物にもお乗りになるのですか？」

「うむ。馬の他《ほか》には象や駱駝《らくだ》に乗ったことがあるぞ。あれはまた馬と違《ちが》って面白《おもしろ》い」

ロータス殿下が楽しそうに象の乗り心地《ごこち》を話す。彼の赤い瞳《ひとみ》がきらきらと輝《かがや》いていて、私はつられて笑顔になった。

「楽しそうですね。私もいつか乗ってみたいです」

「ならば、今度一緒《いっしょ》に遠出しよう。そうだ！ どうせなら余のとっておきに乗って、ピクニックにでも出かけようではないか」

殿下の誘《さそ》いに、勉強漬《づ》けだった私は心を躍《おど》らせた。

「ピクニックですか！ 一緒に行きたいです。因《ちな》みに、どんな動物にお乗りになるのですか？」

殿下は悪戯《いたずら》っ子のように笑って、人差し指を自分の口の前に当てた。

「それは当日の楽しみである。きっと驚《おどろ》くぞ」

そのあと私たちは、今後二人で出かけられそうな日を決めたあと、柔軟をしたり軽い体操をしたりして体育の授業を終えた。

そして数日後、約束の日がやってきた。

私はうきうきして殿下と待ち合わせの訓練場に向かった。なんでも、乗り物は大きいから広い場所でないと持って来られないとのことらしい。訓練場は広いから、ここが最適だと殿下は言っていた。

どんな動物なんだろう。象かな？　でも、殿下のあの様子だとそれは違いそう。もしかしたら動物じゃないのかも。楽しみだなぁ。

侍女《じじょ》と一緒に作ったお昼ご飯を持って、ロータス殿下を待つ。すると、近くに控《ひか》えていたクリーク様が私に言った。

「アザレア様……お気をつけて」

うん？　なんですその神妙《しんみょう》な表情は？　どうしてそんな遠い目をなさっているのかしら？

私が疑問を解く前に、ロータス殿下がやってきた。

「おーい！　アザレア！　すまぬ、待たせた」

珍《めず》しく息を切らしている彼に、私はどうしたのかと尋《たず》ねる。

「いや、なに。ここに連れてくるのに少々手間取ってしまってな」

「手間取る……あ！　今日乗ると仰っていた動物のことですか！」

殿下が頷《うなず》いたので、私はきょろきょろと周りを見回した。

「それで、どのような動物なんですか？」

「そろそろ来るはずだ……ああ、ほら」

ロータス殿下は上空を指差して言った。

「あれだ」

私が「えっ」と聞き返す前に、それは上空からこちらに向かってきて——凄《すさ》まじい速度で着地した。

舞《ま》い上がる土煙《つちけむり》。ドレスならスカートが完全にめくれ上がっているだろう風圧と、殿下のとっておきの正体に、私は頬《ほお》を引きつらせた。

「うむ。アザレア。見るが良い。このクウロが、余のとっておきの相棒——」

ロータス殿下はクウロと呼んだ生物を撫《な》でながら、自信満々に言った。

「ドラゴンである！」

白銀の鱗《うろこ》に赤い瞳。建国神話に登場する聖龍《せいりゅう》に酷似《こくじ》した姿のドラゴンを見て、私は考えを改めた。

ロータス殿下に付き合うなら、多少のことで動じない体力と気力が必須《ひっす》だわ、と。

もうすでにドラゴンに乗り込んだ殿下が私の名前を呼び、上から手を差し伸べる。彼のきらきらと期待した眼差《まなざ》しに腹を括《くく》って、殿下の手を取った。

ドラゴンとは誇《ほこ》り高き生き物だ。

決して人間に靡《なび》かぬ孤高《ここう》の存在。カボス王国の建国神話でも、聖龍は災《わざわ》いと福をもたらす神として書かれている。

その口から吐き出されるのは病魔《びょうま》の毒と浄化《じょうか》の炎《ほのお》。

その翼《つばさ》から生み出されるのは滅亡《めつぼう》の嵐《あらし》と繁栄《はんえい》の光。

その瞳から流れこぼれるのは戦禍の血と平和の雨。

そして、その鳴き声は、世界の終わりと始まりの合図。

終焉《しゅうえん》の王と開闢《かいびゃく》の王が、お目覚めだ……と、童謡《どうよう》で歌われているほど、ドラゴンは神聖でありながら恐《おそ》ろしい存在というのがこの世界の常識だ。そのような生き物を操縦するなんて、絶対にあり得ない。

――まあ、ロータス殿下はそんな常識を覆《くつがえ》すお方なんだけども。

「あはは！　楽しいのう、アザレア！」

殿下《でんか》は遥《はる》か眼下に広がる地上を眺《なが》めて、隣に座っている私に楽しそうに言った。

ドラゴンの背の上は二人が座れるほどの敷物《しきもの》が敷《し》かれ、長時間座っても疲《つか》れないよう柔《やわ》らかいクッションなどが置かれていた。落下防止の魔法がかけられているその空間に腰《こし》を下ろすと、ちょうど足元に景色が広がるようになっている。

わあ、綺麗《きれい》。

などと私が感想を抱《いだ》く余裕《よゆう》なんてない。

私は殿下の腕《うで》にしがみついて、次に来る衝撃《しょうげき》に備えた。

「いやまって殿下ちょっともうむりいやああああああああ!!」

ごぉぉぉぉぉぉおおおおお、と。

一瞬溜《いっしゅんた》めて急降下したドラゴンを足蹴《あしげ》にしながら、悲鳴を上げる。

内臓が置いていかれる感覚に気持ち悪さを覚え、胸に何かがこみ上げてきた。

ドラゴンは先ほどから降下したり上昇《じょうしょう》したりぐるぐる回ったりしながら空を飛んでいるおかげで、ロータス殿下ははしゃぎ私は死亡状態だ。

目的地の山頂にはまだ着かないのかと考えていると、殿下が教えてくれた。

「アザレア。この峠《とうげ》を越《こ》えたら目的の山頂だ。着いたら昼食にしよう。余はもう腹が空《す》いて仕方がないぞ」

　そう言って殿下はご自身のお腹《なか》をさする。

　普段《ふだん》なら微笑《ほほえ》ましく思う台詞《せりふ》だが、ただいま絶賛グロッキー中の私にとっては異次元の人間の言葉に聞こえた。

　お腹が空いた……？　この状況《じょうきょう》で、お腹が空いた……？

　私、もう限界なのですが……。

　もはや思考すら纏《まと》まらなくなったところで、ぐん、と身体《からだ》が更《さら》に下へ引っ張られた。先ほどのような急降下ではなく、緩《ゆる》やかな落下。どんどん速度は落ちていき、最後はその場で何度か羽ばたいてドラゴンは着地した。

　目的の山頂に着いたのだ。ロータス殿下はひょいっと飛び降りると、下で私に向かって手を伸《の》ばした。

「アザレア。着いたぞ。足元に気をつけて降りてくれ」

　しかし、私は殿下の手を取れなかった。

　その場でうつむく私に、殿下は不思議そうに首を傾《かし》げる。

「……アザレア？」

　殿下はもう一度ドラゴンに乗って、私の顔を覗《のぞ》き込んだ。

「殿下。申し訳ありません」

私は彼に被害《ひがい》が及《およ》ばないよう離《はな》れてから、最後の力を振《ふ》り絞《しぼ》って言った。

「吐《は》きます」

その後のことはあまり思い出したくない。

ロータス殿下とドラゴンに散々迷惑《めいわく》をかけた私は、木《こ》陰《かげ》で休んでいた。

うぅ……いまだ視界がぐるぐるしている。気持ち悪い。

木の幹に身体を預けてため息を吐く。先ほどよりはスッキリしたが、未《いま》だ胸のむかむかが取れない。

みっともない姿を殿下以外の人に見られていないだけマシか。最初、護衛は付けないと言われたときは心配したが、ドラゴンが近くにいるなら下手な獣《けもの》や魔物は寄ってこないだろう。むしろ下手な護衛より心強い。その点は安心だった。

とはいえ、せっかく遠出に来たというのに、最悪だ。

私が二度目のため息を吐くと、水を取りに行った殿下が戻《もど》ってきた。

「アザレア、大丈夫《だいじょうぶ》か？」

殿下は私に水筒《すいとう》を差し出してくる。ありがたくそれをいただき、頭を下げた。

「申し訳ありません、殿下」

「謝るな。もとはといえば無理をさせた余が悪い」

殿下は眉尻《まゆじり》を下げ、心配そうな顔をした。

「……身体を預けるのに、木の幹は固くないか？」

「いいえ。大丈夫ですよ、殿下。お気になさらず」

私はゆっくりと首を振った。確かに木の幹は固いが、クッション類は先ほど私がダメにしてしまったので代わりはない。そのことについて文句を言うつもりはなかった。

殿下はふむ、と顎《あご》に手を添《そ》え考える。そして、閃《ひらめ》いたとばかりに私に言った。

「ああ、最初からこうすれば良かったな」

殿下は私の隣《となり》に腰を下ろすと、正座をし、ぽんぽんと自分の腿《もも》を叩《たた》いた。

「アザレア。余の膝《ひざ》を枕《まくら》代わりにするが良い」

……うん？

私が理解できないでいると、殿下は「む、やり方がわからないか？」と言って、丁寧《ていねい》な手つきで私の頭を自分の太腿に誘導《ゆうどう》し、私を横にさせた。

「……？」

殿下の太腿に頭を預けながら、私は疑問符《ぎもんふ》を浮《う》かべていた。

え？　私いま殿下に膝枕されてる？　殿方《とのがた》に膝枕されてるの⁇　逆じゃない、普通⁇

私が混乱していると、頭上から殿下の声が聞こえてきた。

「少し横になって休むと良い……男の膝など、木の幹とさして変わらぬかもしれぬが」

そう言う殿下の声は優《やさ》しい。見上げれば、彼と目が合った。この体勢が恥《は》ずかしいのか、少し顔が赤い。私が無言で見つめていると、殿下が焦《あせ》った様子で言った。

「な、なんだ？　何か余におかしいところでもあるか？」

「あ、いえ……どうしてここまでしてくださるのか、不思議に思って」

率直《そっちょく》に疑問を伝えれば、「当然だろう」とロータス殿下が返す。

「アザレアの体調に気を配れなかった余が悪いのだ。せっかくの遠出だというのに、嫌《いや》な気持ちにさせてしまったな……すまぬ」

殿下がしょんぼりと項垂《うなだ》れる。まさか私がドラゴンに乗って体調を崩《くず》すとは思わなかったのだろう。私を本気で心配している雰囲気《ふんいき》に、心が痛んだ。

申し訳ないのは私も同じだった。気分が悪くなったとき、殿下にはっきり伝えれば良かったのだ。ロータス殿下は他人とどこかズレている。それを指摘《してき》するのが私の役目なのに、はしゃいでいる彼の気分を損《そこ》ねたくなくて、気持ち悪いのを隠《かく》して我慢《がまん》した。嫌《きら》われてでも、私は彼を叱《しか》るべきなのに。

そうだ。私が落ち込んでいる殿下にかけるべき言葉は、厳しい注意だ。ちゃんと、私が言わなければ。

私は手を伸ばして、殿下の頬《ほお》に触《ふ》れた。

さらりとした彼の赤い髪《かみ》を撫《な》でて、告げる。

「……私以外の人を、クウロに乗せてはダメですよ？」

これは注意だ。私と同じ被害者《ひがいしゃ》を出さないための、注意。それ以外の意図はない。

だから、殿下が私の手を突然《とつぜん》握《にぎ》ってきても、私は決して動じたりなんかしていない。

「──無論、そのつもりだ」

ロータス殿下が微笑む。太陽のような赤い瞳《ひとみ》に見つめられて、心臓が跳《は》ねる。

大人びた殿下の表情を直視できない。私が行き場のない視線に困っていると、不意に、彼の腹が鳴った。

ぐうぅー……。

先ほどまでの雰囲気を壊《こわ》す情けない音に、私が殿下の腹と顔を交互《こうご》に見ると、彼はあたふたと弁明し始めた。

「あ、いや、これはだな……別に腹が空いているわけじゃ……」

ぐぅ。

殿下の言い訳もむなしく、腹の虫は口を閉じない。

二度目の空腹の音に、殿下は徐々《じょじょ》に顔を赤くする。耳どころか首まで真っ赤にして、恥ずかしげに私から顔を逸《そ》らした。

「殿下《でんか》」

私は起き上がり、彼を呼ぶ。

「お腹空《なかす》きましたよね、殿下」

ドラゴンに乗ってたときに言ってたし。

私は頬が緩むのを必死に抑《おさ》えながら、無事だった昼食を顔の横まで持ち上げる。

「ご飯、食べましょう？」

だからこっち見て？

私の思いが伝わったのか、殿下はちらりと弁当を見て、照れるように小さく頷《うなず》いた。

「……う、うむ。ありがたく、頂戴《ちょうだい》しよう」

すごく可愛《かわい》い。

私は心の声を漏《も》らさないよう注意しながら、昼食を網籠《あみかご》から取り出した。

私は不機嫌《ふきげん》だった。理由は単純。あのクウロとかいう意地汚《いじきたな》いドラゴンが、私と殿下の昼食を全《すべ》て横取りして食べたからだ。

網籠から出した瞬間《しゅんかん》、パクリと。一口で。全て食べてしまった。

侍女《じじょ》が教えてくれたロータス殿下の好物、いっぱい持ってきたのに。許すまじ。夕食はドラゴンステーキにして差し上げましょうか。

私たちは山を下っていた。昼食がなくなってしまったので、皆《みな》で食べ物を取りにきている最《さ》中《なか》だった。最初は殿下お一人で行くつもりだったらしいが、私の気分も回復してきたので、どうせなら一緒《いっしょ》に行きましょうと提案したのだ。もちろん、護衛代わりのクウロも付いてきている。私は殿下の隣を闊歩《かっぽ》するドラゴンを睨《にら》んで、彼に言った。

「ロータス殿下。ドラゴンってどうやったら捌《さば》けるんでしょうね」

「クウロを食べようとしないでくれアザレア。クウロの不始末は、彼女を連れてきた余の責任だ」

私の言葉に殿下は怯《おび》えてクウロを庇《かば》うように立つ。クウロは殿下から見えないことを良いことに、私を馬鹿《ばか》にするかのように鼻で笑った。

「しかし、普段《ふだん》は人間の食べ物など目もくれないのに。一体どうしたのだ、クウロ」

殿下は不思議そうに言って、クウロの顎を撫でた。彼女は気持ちよさそうに目を細めて、お返しと言わんばかりに殿下に頬擦《ほおず》りをする。

私は二人（正確に言えば一人と一頭）のじゃれあいにムッとし、彼らを追い越《こ》して先頭に出る。

ロータス殿下ったらクウロに甘いんだから。

別に良《い》いわ。ドラゴンに嫉妬《しっと》するほど私、子供じゃないし。

「アザレア。危ないから一人で先に進むな」

殿下の注意を、私は素直《すなお》に聞いた。足を止めて、後ろから追いかけてくる殿下達を待つ。待っている間、何か食べ物はないのか探していると、ちょうど近くにあった木にロクザの実が生《な》っていた。

ロクザは割ると粒々《つぶつぶ》した小さな甘酸《あまず》っぱい実がたくさん入っている果実だ。主食にはならないが腹の足しにはなるだろう。何より、殿下の好物。昼食ではデザートとして持ってきたものだった。私は追いついた殿下に、ロクザの実を指差した。

「ロータス殿下。ロクザの実がありますわ。取ってきましょうか？」

「う、うむ……アザレアは食べたいのか？」

殿下の微妙《びみょう》な反応に、私は首を傾《かし》げた。てっきり喜ぶと思ったのに。

「いえ、私は別に……ですが、殿下の好物だと侍女から聞いておりましたので。あの程度の高さなら私でも登れますので、よろしかったらと思いまして」

木は私の身長の三倍ほどの高さだが、この程度なら余裕《よゆう》だった。だてに前世で母から野生児呼ばわりされていない。

久々どころか前世振《ぶ》りに腕《うで》の見せ所か、と構えていたら、殿下から衝撃《しょうげき》の発言が飛んできた。

「……言い難《にく》いが、アザレア。余は別にロクザの実が好きではないぞ」

え？

「実はな、昔、バザンダ王国に父上と共に訪《おとず》れた際、ロクザの実の料理を振る舞《ま》われてな。当時の余はまだ子供だったゆえ迂《う》闊《かつ》に『この料理が好き』だと言ってしまい、気分を良くしたバザンダ国王が、毎年ロクザの実を送ってくれるようになってな……」

「……そこから、料理人や侍女が殿下の好物だと勘違《かんちが》いしたと？」

私の言葉に殿下は静かに頷いた。

バザンダ王国はロクザの実の生産国として有名だ。国を代表する生産物を送り返しては侮辱《ぶじょく》とも取られるだろう。

ロータス殿下が珍《めずら》しくため息を吐《つ》いた。

「ロクザの実は嫌いではないが、そこまで好む物でもない。一応、料理長や侍女頭《がしら》には事情を説明している。だが、あまり表立って否定するとバザンダ国王の耳に入るかもしれない。侍女が勘違いしたぶんは放《ほう》っておいている。特段、害もないしな」

「……………」

私は顔から血の気が引くのを感じた。

あっっっぶな！　危《あや》うく侍女の言葉を鵜《う》呑《の》みにして昼食にロクザの実を出すところだった。

うん？　しかし、そうなると……。

「殿下。では、ブラインの麦で作られたパンは……」

「ターブル帝国《ていこく》の使者からの土産《みやげ》だな。国力の差を考えれば褒《ほ》めることしかできなかった。余はあのような柔《やわ》らかいパンよりも硬《かた》い方が好きだ」

「で、では、ブチオ鳥のもも肉は……」

「初めての狩《か》りの獲物《えもの》だ。あの時期は調子に乗ってそればかり獲《と》ってきて食べていたせいだな。勘違いされるのも無理はない」

「ソウレンホウの黄花添《ぞ》えは……」

「……あれは先代の王妃《おうひ》、余のお祖母《ばあ》様の得意料理でな。何かがきっかけで好物だと勘違いされて、言いづらくて黙《だま》っていたら他の者にも誤解されていた」

な、なんてこと!?

今日用意してきた昼食、全部ダメだったじゃない！

まさか、侍女の話と殿下の好物がここまで乖離《かいり》していたとは……。

私が内心で冷や汗《あせ》を掻《か》きまくっていると、後ろからクウロが殿下に声をかけるように鳴いた。

振り返れば、彼女は口で一本の枝を咥《くわ》えている。その枝には、赤い果実が実っていた。

「おお。ルップアを持ってきてくれたのか。ありがとう、クウロ」

殿下はクウロの頬を撫《な》で、枝から果実を一つもぐ。ルップアを齧《かじ》る彼は、嬉《うれ》しそうだった。

その様子に、私は気がついた。

もしかして、クウロが昼食を横取りしたのって、あの中に殿下の好物が入っていないとわかっていたから……？

「アザレア。其方《そなた》も一つ食べると良い。美味《うま》いぞ」

そう言って、殿下は果実を私に差し出してきた。礼を述べて受け取ってから、一口齧る。そして、ちらりとクウロを窺《うかが》うと、彼女は勝ち誇《ほこ》ったような笑《え》みを浮《う》かべていた。

腹立つ。

めちゃくちゃ腹立つ顔してる。

私が無意識にルップアを持つ手に力を入れていると、食べ終わった殿下が突然《とつぜん》きょろきょろと周りを見回した。

「どうかなさいましたか、殿下」

「うむ……」

殿下は曖昧《あいまい》な返事をし、「アザレア。クウロとここで少し待っていてくれ」と言って、止める間もなく獣道《けものみち》の方へ走って行ってしまった。

「あ、殿下！　一人は危険でございま――」

私が殿下の後を追おうとすると、後ろからクウロに引き止められた。口で器用に服を咥えられ、私は勢い余って尻《しり》もちをつく。

「ちょっと！　止めないでよ！」

抗議《こうぎ》しようと振り返れば、突然視界が真っ黒になった。生暖かい水と生臭《なまぐさ》い息に、私はクウロの口に頭を入れられたことに気がついた。

「きゃあああああ⁉　何するのよ！　放して‼」

クウロは私を放すどころか、はふはふと咀嚼《そしゃく》する仕草で私の恐怖《きょうふ》を煽《あお》ってくる。観念して、私は叫《さけ》んだ。

「わかった！　わかったわよ！　追いかけるのやめるから、さっさと離れなさいよ！」

訴《うった》えが伝わったのか、クウロは大人しく私の頭から離れた。

私は唾液《だえき》でべとべとになった顔をハンカチで拭《ふ》きながら、その場から動こうとしない彼女を睨んだ。

「孤高《ここう》の生き物なのに、主人の命令には忠実ってことね。あー、もう。私もここで待っていれば良いんでしょ。わかったわよ」

ぶつぶつと文句を言って、クウロの隣《となり》に座る。貰《もら》ったルップアを食べるふりをして、ちらりと彼女を見た。そして、少しだけ躊躇《ためら》ってから、そっぽを向いている彼女の腹をぽんぽんと叩《たた》き、昼食のお礼をする。

「さっきは助かったわ。ありがとう。今度からは、本人にちゃんと確認《かくにん》するから」

顔を見られないため、クウロがどんな感情なのかはわからない。だから、彼女の短い鳴き声

は好意的な返事だと、都合良く解釈《かいしゃく》した。

しばらく無言でルップアを食べていると、クウロが寝《ね》ていた身体《からだ》を起こし、小さく唸《うな》り声を上げる。

私が咄嗟《とっさ》に立ち上がると同時に、獣道から殿下《でんか》が戻《もど》ってきたのが見えた。彼の名を呼んで駆《か》けつけると、殿下は苦い顔で私に言った。

「すまぬ、アザレア。少々、厄介《やっかい》なことが起こった」

ロータス殿下の肩には、血塗《ちまみ》れの男性が担《かつ》がれていた。

「娘《むすめ》が……娘が誘拐《ゆうかい》されたんです」

殿下が運んできた男性はコンダと名乗った。まだ二十代半ばの若い人だ。

集めてきた薬草でコンダさんを手当てしながら、私と殿下は彼の事情を聞いていた。

「魔物《まもの》が、大量のゴブリンが突然村に現れて、村娘や子供を攫《さら》ってこの山へ逃《に》げていったんです。俺の娘はそのうちの一人だ。ゴブリンは子供を食っちまう。殺されるのも時間の問題だ。だから、俺は娘を助けに山に登ったんですが……」

「その途中《とちゅう》で、熊《くま》に殺されかけたと。余が悲鳴に気づいたから良かったが、あのままでは死んでいたぞ」

ロータス殿下は薬草を何度か軽く揉《も》んだあと、コンダさんの背中の傷に貼《は》った。止血と殺菌《さっきん》効果がある草の汁《しる》が染《し》みるのか、コンダさんは顔を歪《ゆが》めた。

「わかっているさ！　でも、俺にはこれしかできなかったんだ。他にどうしろっていうんですか⁉」

「ちょ、ちょっと。落ち着いてください。コンダさん」

興奮する彼を何とか宥《なだ》め、殿下から私に気を逸《そ》らせる。

「村一つが被害《ひがい》にあったのなら、おそらく駐屯《ちゅうとん》兵が動いているはずです。コンダさんの娘さん以外にも誘拐された方がいるのなら、今夜にでも討伐《とうばつ》隊が山へ派遣《はけん》され――」

「はは。なにもわかっていませんね。貴族のお嬢様《じょうさま》」

コンダさんは目を伏《ふ》せると、力なく笑った。

「兵が動いてくれるなら、俺だってもっと考えて動いていますよ。なあ？　冬を越《こ》すのだってギリギリな、税をまともに納めることすら怪《あや》しい農村が、『助けてください』と訴えて、兵が、領主様が動いてくれると思うか？」

含《ふく》みのある言葉に、私は嫌《いや》な予感を覚えた。泣きそうな顔で、コンダさんは続ける。

「……十日前、同じようなことが隣の村でも起こった。それ以前から、魔物による被害も増えている。だのに、あの領主は俺達の訴えを聞くどころか『他の村からの税が少なくなったぶんお前らで補え』って増税してきやがった！　そんな奴《やつ》に何を期待しろっていうんですか！」

怒《いか》りのあまり涙《なみだ》をこぼす彼に、私は何も言えなかった。私は助けを求めるように殿下を見る。

彼は、コンダさんの話を険しい表情で聞いていた。

「……コンダよ。一人で娘を助けようと飛び出てきたぐらいだ。ゴブリンなどの魔物の拠点《きょてん》にアテはあるのか？」

ロータス殿下が静かに尋《たず》ねると、コンダさんは涙を腕《うで》で拭《ぬぐ》って答えた。

「ああ。以前から自衛のために捜《さが》していたんだ。ここらは魔物が滅多《めった》にでないからな。すぐに見つかったさ」

コンダさんは先ほど殿下が入っていった獣道を指差すと、説明し始めた。

「あの獣道を真っ直《す》ぐ進んで、黒い大木を目印に右手に曲がる。そこから山の上へ登れば、魔物たちの拠点がある。ゴブリン以外もいるみたいで、建物が造られているからわかりやすかったぜ。間違《まちが》いない、あそこが魔物の住み処《か》です」

殿下は「そうか」と呟《つぶや》いて、私に向き直った。

「アザレア。其方はコンダを村に送り届けたあと、クウロと共に城へ戻れ」

「……ロータス殿下はどうなさるおつもりで？」

「余は攫われたコンダの娘を取り戻しに行く」

殿下の言葉にコンダさんは明るい顔をするも、すぐにうつむいて首を振《ふ》った。

「ダメだ。いくらアンタが熊を追い払《はら》えるほど強くても、子供一人では行かせられねぇよ。それに、俺の娘が攫われたんだ。親の俺が命張らないでどうするんだ。俺も一緒《いっしょ》に行きます」

コンダさんの発言に乗っかって、私も殿下の意見に反対する。

「殿下が強いことは存じております。しかし、それが御身《おんみ》を大切にしないこととは関係ありません。殿下の身に何かあってからでは遅《おそ》いのです。どうか、私も連れて行ってください」

いくら殿下が強いといっても、一人で魔物の拠点に襲撃《しゅうげき》するなんて危険だ。

クリーク様やエルメット様、両陛下までもが彼を「規格外」「常識外れ」「天災」と評していても、まだロータス殿下は十二の子供。無謀《むぼう》な行動を心配するなという方が無理な話だった。

私達の主張に、殿下は意外な答えを返す。

「そこまで申すなら付いてきても構わないが……」

ロータス殿下は少しだけ眉尻《まゆじり》を下げ、困ったように言った。

「すぐに終わるぞ？」

魔物の拠点に着きました。

誘拐された人々が全員地下に囚《とら》われていると殿下が魔法で確認しました。

なので、地上の魔物は魔法で一掃《いっそう》すれば良いとロータス殿下が仰《おっしゃ》り、小さなお城のような建物を地面から切り取って、空に放《ほう》り投げて爆発《ばくはつ》させました。

慌《あわ》てて地下から出てきた残党はクウロが残さず食べて、終わり。


この間、わずか五分足らず。

今は、殿下が地下で捕《と》らえられていた人々の手枷《てかせ》を外している最中《さなか》だった。どうやら拘束《こうそく》具は魔法で細工されているらしく、正しい手順で解除しないと爆発する仕組みとなっているらしい。当然のように殿下は一瞬《いっしゅん》で解除方法を理解し、一応危険だからと言って私とコンダさんは後ろにいるよう命じた。

やる事のない私とコンダさんは、殿下が小枝を折るように拘束具を壊《こわ》している作業を座って眺《なが》めている。

「なあ、アザレア様。俺たち付いてきた意味ありましたかね？」

「嫌ですわ、コンダさん。私達、山火事の可能性を指摘《してき》したではありませんか」

「そうでしたね。その結果、昼間から花火が上がりましたね。汚《きたな》かったけど」

「ふふ。悪いことばっかりではありませんわ。ご覧になってください。あそこでクウロが子供達と戯《たわむ》れていますわ」

「わあ、本当だ。聖龍《せいりゅう》様の口が血塗れだけど、和《なご》みますねえ。俺の娘も遊んでいますよ」

「クウロもお腹《なか》いっぱいでご機嫌《きげん》のようです。残した魔物の骨で遊んであげて、子供達をからかっていますわ」

「あはは。平和ですねぇ」

「うふふ。そうですねぇ」

私もコンダさんも遠い目をして笑った。笑うしかない。

本当にあっという間に終わったんだもの。さっきのやり取りは何だったというのか。

だって、殿下。魔物の拠点に一人で立ち向かうって、普通《ふつう》は不穏《ふおん》な前兆だと感じてしまうじゃないですか。いえ、ろくに戦えない私が付いてきて足を引っ張る可能性もあったんですけどね？　それでも、ここまであっさり終わるとは想像できませんでしたよ？　拠点を潰《つぶ》すより、拠点までの移動時間の方が長かったんですもの。ロータス殿下、強すぎではないですか？

私が乾《かわ》いた笑いをこぼしていると、殿下の作業が終わったみたいだ。手招きする彼のもとに、私とコンダさんは駆《か》け寄った。

「ロータス殿下、ありがとうございました。俺ら、この御恩《ごおん》は一生忘れません」

コンダさんが殿下に頭を下げる。道中で私達の正体を告げても「こんな田舎《いなか》に王子様がいるはずねえだろ」と信じておらず、魔物拠点制覇《せいは》の流れを目撃《もくげき》したあとは「命だけは勘弁《かんべん》してください、ロータス殿下」って土下座してまともに目すら合わせられなかったのに。どうやら殿下が人でなしではないことが伝わったようだ。良かった良かった。今も少し顔が青ざめているが、許容範囲《はんい》だ。

私は捕《つか》まっていた村人をざっと観察する。皆疲《みなつか》れていたが、大きな怪我《けが》の人はいなそうだった。子供達もクウロと遊べるほど元気だし、これなら下山も可能だろう。

魔物《まもの》の拠点を一掃したとはいえ、道中で獣《けもの》が出る可能性は高い。彼らを村まで送りましょうと提案するよりも、殿下《でんか》の足元に魔法陣《まほうじん》が浮《う》かぶ方が早かった。

光るそれに驚《おどろ》いて後退《あとずさ》ると、殿下が「心配ない。転移魔法だ」と教えてくれた。

「転移？　殿下、一体どこへ行くつもりで？」

「うむ……それは……」と、殿下は言葉を濁《にご》す。コンダさん達をちらりと見てから、私に言った。

「アザレア。この者らを村に送り届け、其方《そなた》は先に城へ帰っててくれ。余にはもう一仕事あるゆえ、そちらを済ませてくる」

一仕事、というのはこの地の領主——ジュター伯爵《はくしゃく》のところにでも行くのだろうか。コンダさんの話を聞いているときの殿下は、お怒りのようだったから。

「なにを仰いますか。私も付き合います。殿下を置いて、私一人だけ帰るなどできません。そもそも、私ではクウロに乗ることが叶《かな》わないです」

「その点は心配いらぬ。クウロは頭が良いゆえ、城へ其方を届けることなど容易《たやす》い。アザレア、頼《たの》む。ここは一つ、余の我が儘《まま》を聞いてくれ」

ダメか？　と、首を傾《かし》げる殿下の姿に、私はうっと言葉を詰《つ》まらせた。

ロータス殿下可愛《かわい》い……じゃなくて！　彼が理由も言わず頼むことなんて稀《まれ》だ。きっと、何か考えがあるのだろう。

それとも、ここでは話せない理由でもあるのか。村人には聞かせられないとか……。

「……かしこまりました。ロータス殿下、お気をつけて」

私が承諾《しょうだく》すると、殿下は「すまぬ」と謝って転移魔法を発動させた。

眩《まばゆ》い光と共に一瞬で消えた彼に向かって、誰《だれ》にも聞かれないようにポツリと呟く。

「そこは、『ありがとう』と言って欲しかったです」

本当はもっと頼《たよ》ってほしい。だけど、今の私は何の力もない小娘《こむすめ》だから、ロータス殿下の判断は妥当《だとう》だ。

私のちっぽけな力など借りなくても、あの人ならジュター伯を説教するなり説得するなり何でもできるだろう。

無能な私は無能なりに、余計なことはしない方が良い。前世で、散々身に沁《し》みたはずだ。

……今回のお昼ご飯だって、余計なことをしようとしていた。だから、言われたことだけをまずは考えよう。その方が確実に、誰も損をしない。

私は深呼吸を一つしてから、「下山しましょう」とコンダさんに声をかけた。

クウロのおかげか、下山途中《とちゅう》で獣に遭遇《そうぐう》することはなかった。無事に皆を村へ送り届けることができて、ホッと胸を撫《な》で下ろす。

魔物の襲撃があっただけあって、村は酷《ひど》いあり様だった。建っている家屋はボロボロなうえ、畑は荒《あ》れている。あちこちに血痕《けっこん》や壊れた農具が散乱している状態だ。

私の身長の二倍はあるクウロを連れているためとても目立っているのだろう。荒れた畑を整えていた人が、私達に気づいて何やら指を差して叫《さけ》んでいる。すると、家屋から続々と人が出てきた。

私と一緒《いっしょ》に下山した村人達は、それを見た瞬間、家族のもとへ走っていった。涙《なみだ》を流しながら父や母、夫と子供に抱《だ》きつく彼らを見て、私も思わず安心して笑《え》みを浮かべた。

「アザレア様！」

すると、コンダさんが私を呼んだ。彼の隣《となり》には年配の男性が立っている。手招きするコンダさんに近寄ると、彼は私に隣の男性を紹介《しょうかい》した。

「アザレア様、今日は本当にありがとうございました。こちらは、俺らの村……エボウ村の長《おさ》、コウメ様だ」

「話はコンダから聞いております。この度《たび》は村の者を救っていただき誠《まこと》にありがとうございました、アザレア様。あなたとロータス殿下はこの村の救世主でございます。貧しい村ですが、どうか今夜はもてなしをさせてください」

コウメと呼ばれた男性は、白髪《しらが》が交じった頭を私に下げた。私は「頭を上げてください」と言い、コウメさんに対して微笑《ほほえ》んだ。

「……お気遣《きづか》いありがとうございます。ですが、私は貴族としての義務を果たしただけのこと。礼には及《およ》びませんわ」

私は彼と目を合わせた。コウメさんは態度や言葉遣いこそ丁寧《ていねい》だったが、私を見るその瞳《ひとみ》はどこか怯《おび》えている。高位貴族に対しての恐《おそ》れではない、それよりもっと、単純で暴力的な……親に叱《しか》られる前の子供のような怯え方だ。

私がやんわりと断って王都へ帰ることを告げると、コウメさんは焦《あせ》った様子で引き止めてきた。

「そ、そんな。村の恩人に何もしないで帰すわけにはいきません。どうか、私どもを思うなら、どうか、茶の一杯《ぱい》だけでも……」

私がもう一度首を振《ふ》ろうとしたら、コンダさんが口を挟《はさ》んできた。

「アザレア様、ダメですか？　そりゃあ、アンタらが普段《ふだん》飲み食いしているもんには敵《かな》わないだろうけどよ……俺のカミさんのロクザのパイも絶品ですぜ。どうか、一口ぐらい食っていってくれませんか？」

　コンダさんの悲しそうな表情に、私は良心が痛んだ。早く帰った方が良いとは理解しているが、彼の厚意《こうい》を無下《むげ》にはしたくなかった。

　私は根負けして「では、お茶だけなら」と村長の意見を呑《の》んだ。


　結論から言うと、ロクザのパイはすごく美味《おい》しかった。なんてこった。前世はともかく今世ではかなり良い食生活を送っている私が、一口食べただけで思わず美味しいと唸《うな》ってしまうほどの代物《しろもの》だとは……。

　本当はワンホール食べ切れるぐらいの美味しさだったが、子供達が羨《うらや》ましそうにパイを見てきたのだ。私は大人ぶって「とても美味しいのですが、私一人では食べきれませんわ。よろしかったら手伝ってくださる？」と残りを全《すべ》て子供達にあげた。私、ちゃんと大人になった。成長してるよ、私。

　それは置いといて、私は村長の自宅でお茶をご馳走《ちそう》になっていた。先ほどまでコンダさんとその奥さんが話し相手になってくれたが、二人ともコウメさんに呼ばれたのだ。

　長居したつもりはないが、昼からそれなりに時間が経《た》ったようだ。そろそろお暇《いとま》した方が良いだろう。私は窓越《ご》しに夕焼けを眺《なが》めて、ティーカップを置いた。小さな村だが、村長は良い暮らしをしているようだ。家や調度品からして「貧しい村の長」とは思えない物ばかりだ。

それに違和感《いわかん》を持って首を傾げると、どんどんと窓から音がした。

「なに……て、クウロ？」

窓を見れば、クウロがガラスを叩《たた》いていた。窓を開けて、白銀のドラゴンに問いかける。

「なによ、どうしたの？　城にさっさと帰れって言いたいの？　もうすぐ用事が済むからそれまで待って——」

私が頭を窓の外に出すや否《いな》や、クウロは私の襟首《えりくび》を口で咥《くわ》えてきた。そのままとんでもない力で、有無《うむ》を言わせず私を外へ引きずり出す。

「え、ちょっと、きゃ⁉」

どすん、と雑に窓から身体《からだ》を投げ出された私は、尻《しり》もちをついた。地面に打った腰《こし》を撫でながら、クウロに文句を言う。

「なにすんのよ！　痛いじゃない！」

しかし彼女は私の抗議《こうぎ》など構わず、襟首を咥えたまま私をずるずると引きずってどこかへ運ぼうとしていた。

「わかった、わかったって。そっちに行けばいいんでしょ。わかったから首を放して」

私がクウロの頭をペチペチと叩くと、ようやく彼女は私の襟首を解放する。そして、「見ろ」と言わんばかりに顎《あご》で前方の曲がり角を示した。

「……こっちに何かあるの？」

私はクウロに急《せ》かされて、曲がり角に近づいた。玄関《げんかん》とは反対方向だったため、曲がり角の先は村長の家の裏口か裏庭でもあるのだろう。何か気になる物でもあったのかしらと考えていると、誰かの話し声が聞こえてきた。

コウメさんだ。彼は誰かと会話しているようだった。盗《ぬす》み聞きは悪いなと思って踵《きびす》を返そうとしたら、クウロに背を突《つ》かれそのまま進めと睨《にら》まれる。

「ちょっと、クウロ。一体私になにをさせたいのよ」

小声でクウロを責めていると、コウメさんの悲鳴じみた訴《うった》えが聞こえてきた。

「そんな！　私どもは生贄《いけにえ》を差し出したではありませんか！」

物騒《ぶっそう》な単語に、思わず振り返る。曲がり角から顔だけを出して様子を窺《うかが》うと、彼は私達に背を向けて誰かと言い争っていた。口論している相手は私からは見えなかったが、声は何とか聞き取れた。

「なにを言うか。お前が生贄を献上《けんじょう》したことが事実なら、それらが逃《に》げ出したのもまた事実。そして、あの男を拠点《きょてん》に案内したのもお前のところの村人の仕業《しわざ》だ。ならば、この不始末はお前の責任だろう」

「ですが、新たに生贄を要求するなど……これ以上魔物に女子供が攫《さら》われては、村人達に不自然だと勘付《かんづ》かれてしまいます！　あの公爵家《こうしゃくけ》の娘《むすめ》一人で手を打ってくださると、先ほど仰《おっしゃ》っていたではありませんか!?」

　なんですって？

　あの村長の口ぶり。魔物の襲撃《しゅうげき》はあらかじめわかっていたと？　いや、そもそも、生贄として差し出していたってことは……。

「黙《だま》れ。人間のお前が魔族《まぞく》の我《われ》に口答えをするのか？」

　すると、村長に隠《かく》れて見えなかった相手が、私からでも確認《かくにん》できるほど膨張《ぼうちょう》していった。人間ほどの大きさだったそれは、倍以上まで膨《ふく》らみ、肥大化した右手でコウメさんの頭を握《にぎ》った。

　悲鳴を上げる村長を「うるさい」と一蹴《いっしゅう》し、魔物――オーガは笑う。

「お前は我らに生贄を差し出す。褒美《ほうび》として、我らはお前に金銀を分けてやる。そうして我が主人が取引してやったというのに……思いあがったか、人間」

「あ、あ……お、お許しを……」

「今更《いまさら》許しを乞《こ》うても、もう遅――」

　刹那《せつな》、クウロが飛んだ。土埃《つちぼこり》を上げ凄《すさ》まじい勢いでオーガまで一直線に駆《か》ける。声を上げる間もなく、クウロはオーガの首にかぶりつき、そのまま食し始めた。

　私は血で汚《よご》れていく地面から目を逸《そ》らし、恐怖《きょうふ》で固まっている村長の胸《むな》ぐらを掴《つか》んだ。

「村長！　一体どういうことよ！　あなたは守るべき村人を魔物に差し出していたの!?」

説明しろと怒鳴《どな》る私に、コウメさんは怯えながら話し始めた。

「し、仕方がなかったんです……ご領主様に逆らえば、私の命もない……」

「なんでそこでジュター伯《はく》が出てくるのよ！　関係あるの!?」

コウメさんは震《ふる》えながら頷《うなず》く。

「ご領主様はもう……人間ではありません」

怯える瞳は、私に対してではない。顔面蒼白《そうはく》となって、コウメさんは言った。

「あの方は魔物——それも、吸血鬼《きゅうけつき》に、なられたのです」


「だーかーら！　城に戻《もど》るのではなくて！　ロータス殿下《でんか》のもとへ行くって言ってるの！　言うことを聞いてよ！」

私はジュター伯の屋敷《やしき》がある東へクウロを飛ばせようとしていた。しかし、彼女は何度言っても王都のある西へ身体を向ける。

身体を押してクウロを東へ方向転換《てんかん》させようとしても、彼女はびくともしない。私はぜいぜいと息を切らして、クウロを怒鳴った。

「いい加減にしてよ！　もうすぐ夜になるのよ!?　時間がないの！　言うことを聞いてって

ば！」

私は村長の話を聞いて焦っていた。

コウメさん曰《いわ》く、一昨年《おととし》からジュター伯の様子はおかしかったらしい。昼間に外へ出ないことや、川を渡《わた》るのを異様に嫌《いや》がるなど、些細《ささい》な変化があった。そして、半年前。魔物による農作物の被害《ひがい》が大きくなってきたため、減税を嘆願《たんがん》しに屋敷へ赴《おもむ》いたときに、ジュター伯が侍女《じじょ》の血を飲んでいる場面を目撃《もくげき》してしまったらしい。命と引き換《か》えに、配下に生贄を寄越《よこ》すことで難を逃《のが》れたそうだ。そうして、近隣《きんりん》の村の情報を先ほどのオーガに伝え、人間たちを誘拐《ゆうかい》させていたのだ。

今回、自分の村が襲《おそ》われたのは、単純に他《ほか》の村に生贄となる人間がいなくなったからだった。

私は頭に血が上って、見逃してくれと懇願《こんがん》するコウメさんを無視し、一発ぶん殴《なぐ》ってしまった。気絶した彼を縛《しば》り上げ、コンダさんだけに理由を話して見張ってもらうことにした。あとでアイツはお縄《なわ》につける。絶対に。

コウメさんの件は一旦《いったん》置いておくとして、問題はロータス殿下だ。

殿下は、ちょっとした刺客《しかく》や魔物程度なら自力で撃退《げきたい》してしまう。昼間のように力業も可能だ。

でも、吸血鬼となれば話は違《ちが》う。魔物の中でも魔王に次ぐ強さを誇《ほこ》る化け物だ。夜になればその実力はさらに発揮されると言われている。しかも殿下はジュター伯が吸血鬼となっていることを知らない。不意打ちで襲ってこられては、いくら殿下でも無事では済まないはず。

昼間、無理やりにでも一緒《いっしょ》に付いていけば良かったと後悔《こうかい》しながら、私はクウロの胴体《どうたい》を押す。

それでも、彼女は私を見下すように目を向けるだけで、一歩も動こうとはしなかった。

「お願い、クウロ。ロータス殿下のもとへ飛んで……」

滲《にじ》む視界で、クウロに懇願する。彼女の腹に額を当てて、鱗《うろこ》を涙《なみだ》で濡《ぬ》らした。

「わかっている。私が駆けつけたところで、足手《あしで》纏《まと》いになるだけだって」

クウロにではなく、私自身に向けて言う。

「何の取り柄《え》もないもの。役立たずは役立たずなりに、余計なことはしない方が良《い》いって……」

脳裏《のうり》に浮《う》かぶは、前世の私。

敵だらけの後宮のなかで、唯一《ゆいいつ》心を許せた親友。彼女が政敵の刺客に殺されかけたとき、私は何にも考えないで彼女を庇《かば》った。でも腕《うで》に傷が残ったせいで、彼女は皇帝《こうてい》の怒《いか》りを買い、臣下へと降嫁《こうか》されてしまった。一族の期待を背負って皇帝に嫁《とつ》いだと、私は聞いていたのに。父や母の助けになれる、と喜んでいたことを知っていたのに。結果として、彼女を不幸にさせてしまった。「さようなら」と、悲しく笑って後宮を去った彼女の後ろ姿は、今でも鮮明《せんめい》に思い出せる。

これだけではない。私の失敗などいくつもある。どれもこれも、考えなしに余計なことをしたせいだ。

　無力なんだから、何もしない方が良い。わかっている。わかっているよ。

「……でもね」

　三ヶ月前の、春の夜。私を必要としてくれた人がいた。手を握ってくれる人がいた。

　今世で初めて人に必要だと頼られた。

　嬉《うれ》しかった。泣きそうだった。何の取り柄もない私でも、たくさんの人を不幸にしてきた私でも、何かができるなら。たとえいつか離《はな》れるとしても。それまで、私は私を必要としてくれる彼に応《こた》えたい。

　――だから。

　私は握った拳《こぶし》に力を込め、顔を上げた。

「臆病《おくびょう》になって、大事な人を助けようとしない自分が一番大嫌《だいきら》いなのよ！」

　私は彼女の背に乗った。呆《あき》れたように見下していたクウロが、ぎょっと身体《からだ》を強張《こわば》らせたのがわかる。抗議《こうぎ》するように暴れるのに耐《た》え、彼女の首に跨《また》がった。間髪《かんはつ》を容《い》れず、クウロの顔を顎《あご》から持ち上げ、ぐいっと上を向かせる。

「つべこべ言わず、私に従いなさい！」

　そして、クウロに頭突《ずつ》きをした。

　ゴン！　と、固い物同士がぶつかる音が響《ひび》く。クウロが「ギャア」と悲鳴を上げ敵意を剝《む》き出しにしてきたが、怯《ひる》まずもう一度頭をぶつけ、言い聞かせるよう叫《さけ》ぶ。

「お前の主人が危険だって言ってんのよ！　さっさと飛べ!!」

じんじんと痛む額を無視して、私はクウロに命令した。

彼女は殺意をあらわに私を睨《にら》んだが、負けじと睨み返し、東へ指を向ける。しばらくして、クウロはため息を吐《つ》くと、東へ方向転換し、翼《つばさ》を羽ばたかせた。

「クウロ……！」

私が感謝の涙を流していると、クウロはニヤリと笑って上昇《じょうしょう》する。

うん？　と私が彼女の笑《え》みに嫌な予感を覚えていると、ある程度の高さまで上がったクウロは、何の合図もなく飛行を開始した。

――行きよりも凄まじい速度で。ぐるぐると回ったり、左右に揺《ゆ》れながら。


きゃああああああああ!?　目が回る！　気持ち悪い！　もう無理無理無理！　限界!!　吐《は》く！　また色々と戻してしまう!!　許さない！　このドラゴン、絶対に許さないから！　またお前の背中で吐いてやる!!

内臓にかかる負荷《ふか》を我慢《がまん》しながら、私はクウロと共にジュター伯の屋敷に向かっていた。

伯爵邸《はくしゃくてい》までの地図は村長の屋敷から借りてきた。私はそれと地上の景色を見比べながら、彼女に現在地を確認《かくにん》していた。

幸い、コンダさん達の村から東へ一直線に進めば屋敷には着く。今はイクノ川の上流を目指して飛行していた。ここら一帯の生活水を賄《まかな》っているこの川の先に、目的地があるからだ。

私がこみ上げてくる気持ち悪さを堪《こら》えていると、クウロが大きく鳴いた。ハッと顔を上げれば、一際《ひときわ》大きい山の頂に、古城のような建物が目に入った。イクノ川はあの山から流れている。

地図と位置を照らし合わせて、あの古城こそが目的のジュター伯の屋敷だと私は確認した。

クウロが「どうするのか」と尋《たず》ねるかのように私へ目線を寄越す。

もちろん、答えは決まっている。元より、一択《たく》しかない。

加速度的に近づいてくる古城を指差して、彼女に言った。

「突撃《とつげき》ィ！」

クウロが「ギャア」と鳴いて、さらに速度を上げる。

風圧と衝撃《しょうげき》に備えて、私はクウロの背中に顔を埋《うず》めるように身体を伏《ふ》せた。

そして、壁《かべ》を破壊《はかい》する轟音《ごうおん》と共に、私達は古城の一番上の部屋へと突《つ》っ込んだ。

舞《ま》い上がる土煙《つちけむり》と、パラパラと崩《くず》れてくる壁に、私は咳《せ》き込みながら辺りを見回す。

「ロータス殿下！　ご無事ですか⁉」

徐々《じょじょ》に晴れていく視界の中で、私が捉《とら》えたものは――

「ア、アザレア？」

悪魔《あくま》のような外見の魔物を片手で締《し》め上げている、殿下《でんか》のお姿だった。


部屋の中は散々に荒《あ》れていた。元は豪勢《ごうせい》な飾《かざ》り付けがあったのだろう、無惨《むざん》に破壊された家具や天井《てんじょう》、床《ゆか》にその名残《なごり》がある。それらがここで激しい戦闘《せんとう》があったことを物語っていた。

「なぜアザレアがここに？　先に帰っているはずじゃ……」

ロータス殿下は私に驚《おどろ》いて、慌《あわ》てて魔物を手から放した。満身創痍《まんしんそうい》な魔物は床に落ち、青白い顔で大きな牙《きば》を口から覗《のぞ》かせて呻《うめ》いた。

「おのれ……ロータス王子め……魔王軍四天王であるこの私を倒《たお》してタダで済むとは――」

「ちょっと其方《そなた》は黙《だま》っておれ」

プルプルと震《ふる》えて手を伸《の》ばしている魔物を、殿下は容赦《ようしゃ》無く踏《ふ》みつけた。ゴギッという音と共に魔物の顔が床に埋《う》まり、伸ばしていた腕がパタリと落ちる。

殿下はそんな魔物に構わず、私とクウロのもとに急いで駆《か》けつけてきた。

「どうしたアザレア、クウロ？　なにか火急の報《しら》せでもあったのか？」

殿下は心配そうに私達に声をかける。その様子はいつも通りの殿下だ。どこか目立った怪我《けが》をしているわけでも、弱っているわけでもない。

殿下の無事な姿に、気持ち悪いのも忘れて私はクウロの背中から彼へ飛びついた。

「でんかぁ！」

「ア、アザレア⁉」

バッと勢いよく殿下を抱《だ》きしめる。殿下は上から降りてきた私を受けとめ、くるりと回って勢いを殺した。そして、私をそっと床へ立たせる。

「アザレア、危ないだろ――」

「よかったです……ごぶじでよかったぁ……」

私は爪先立《つまさきだ》ちになって、殿下の胸に顔を埋めた。とくんとくんと動く心臓の音にホッと息を吐いて、泣きそうになるのを堪える。

「ほんとうに、よかったぁ……」

最悪の状況《じょうきょう》を考えていた私は、殿下が無傷だった事実に心底安心していた。だから、クウロに尻尾《しっぽ》で腰《こし》を叩《たた》かれるまで、殿下の身体に密着していることに、私は気がつかなかった。

「あ、や、やだ。申し訳ありません、殿下」

私は顔から火が出るほど恥《は》ずかしくなって、そそくさと殿下から離れた。彼は中途半端《ちゅうとはんぱ》な高さで止まっていた手を振《ふ》って「だ、大丈夫《だいじょうぶ》である」と慌てている。

「そ、それより、アザレア。どうしたのだ、こんなところに来て。城に帰っていたのではないのか？」

咳払《せきばら》いをして、殿下は話題を変えた。そのお顔がわずかに赤いのは気のせいだろうか。

「そうでした！　殿下、大変です。ジュター伯が全《すべ》ての黒幕です！　もうあのお方は人間ではなく、吸血鬼《きゅうけつき》になったと――」

「ジュター伯爵なら先ほど倒したぞ」

「ええ、いくら殿下でもお一人では敵《かな》いません。どうかここは一度城へ戻――はい？」

聞き間違《まちが》いかしら。私は殿下の発言に耳を疑った。

「アザレアも見たではないか。彼奴《きゃつ》が倒れるのを」

私が困惑《こんわく》していると、同じく困惑している殿下が先ほど顔が床にめり込んだ魔物を指差した。その隣《となり》でクウロがふんふんと鼻で魔物の匂《にお》いを嗅《か》いでいる。

「あれは悪魔のような魔物ではありませんか。伯爵は吸血鬼ですよ？　吸血鬼と言えば美形の人間ではないですか。どうして人の姿を取っていないのです？」

「吸血鬼も魔物であろう。最初は彼奴も人の姿であったが、途中から変身したのだ。面影《おもかげ》も残っている。嘘《うそ》だと思うなら確認してみよ」

殿下は魔物に近づくと、埋まっていた床から首を持って引き上げる。そして私がはっきりと見られるよう、顎を持ち顔を上げさせた。

白目を剥《む》いているその魔物の顔は、確かに美形の人間の面影がある。私は王妃《おうひ》教育で叩き込まれたカボス王国の貴族名鑑《めいかん》を脳内で開き、目鼻の特徴《とくちょう》がジュター伯爵と一致《いっち》していることを確認した。

「まあ、本当にジュター伯ではありませんか」

「ほれ、余の言った通りだろう？」

私が口に手を当てて驚くと、殿下はムッと頬《ほお》を膨《ふく》らませた。拗《す》ねた彼を可愛《かわい》いと思いつつも、それを表情に出さず殿下に謝った。

「申し訳ありません。殿下のことを疑ったわけではないのですが、どうしても信じられず……」

「……いや、吸血鬼となればその心配は間違っていない。流石《さすが》の余も今回ばかりは苦戦した」

ため息を吐く殿下の顔は、疲労《ひろう》の色が濃《こ》い。朝からクウロに乗って外に出突《でず》っ張りだから当たり前だ。かく言う私も流石に疲《つか》れてきた。殿下の無事も確かめ緊張《きんちょう》の糸が切れたのだろう。ドッと今までの疲労が訪《おとず》れてきたようだった。

時刻もじきに日が沈《しず》む頃《ころ》だ。もうすぐ夜がやってくる。私は殿下に言った。

「ロータス殿下。伯爵を倒したならば、早く城へ戻《もど》りましょう。国の内部に魔物の勢力が紛《まぎ》れていると、両陛下にご報告しなければ」

「うむ。わかっておる。だが、少々待てアザレア。まだ仕事は終わっていないからな」

そう言って私は殿下に腕《うで》を引かれ、彼の後ろへと移動させられた。

「首の骨を折ってもまだ立ち上がるか。これはいよいよ、左胸に銀の杭《くい》を打ち込まなければいけないかのう」

殿下がポツリと呟《つぶや》き、クウロが威嚇《いかく》しながらその場を離《はな》れた瞬間《しゅんかん》、伯爵から紫紺《しこん》の粒子《りゅうし》が大量に溢《あふ》れ出した。突風《とっぷう》が生じ、髪《かみ》が舞い上がる。ばちばちと放電する粒子を纏《まと》って、悪魔のような姿になったジュター伯がゆっくりと起き上がり、宙に浮《う》き始めた。

「は、はははは！　侮《あなど》ったな、我が王の宿敵よ。儀式《ぎしき》は完成した！　今宵《こよい》、この地は混沌《こんとん》と絶望に支配され、偉大《いだい》なるあのお方の礎《いしずえ》となるのだ!!」

ジュター伯は高笑いをし、手のひらを天へと向けた。刹那《せつな》、先ほどとは比べものにならないほどの風圧が生じ、伯爵の手のひらへと身体《からだ》が引き寄せられる。部屋の天井――否《いな》、古城の頂上部分が崩れ、夕闇《ゆうやみ》の空があらわになった。

「少々予定が狂《くる》ったが致《いた》し方ない。ロータス王太子よ、とくとご覧あれ！　この日のために集めた領民《いけにえ》の活躍《かつやく》を！」

私は身体が飛ばされないよう必死に殿下の背に掴《つか》まり、伯爵を見上げる。彼の手に紫紺の粒子が球となって集まり、次いで弾《はじ》けた。すると、空に幾重《いくえ》もの魔法陣《まほうじん》が浮かび上がり、禍々《まがまが》しい気配を放つ。

「あ、あれは一体!?」

私が驚いて叫《さけ》ぶと、伯爵は得意げに話した。

「良い質問だ、小娘《こむすめ》。大地を焼き水を毒と化し、人間を魔物へと変貌《へんぼう》させる、忘れられた闇魔法である！　千の生贄《いけにえ》を用いてようやく発動できる大魔法。たとえそこの反則的な存在であっても、発動してはこの魔法を止めることはできない！」

ジュター伯《はく》の言葉に私が不安になって殿下を見ると、彼は頷《うなず》いた。

「うむ。大魔法と称《しょう》されるだけあって、見事な陣の組み方だ。これはたしかに発動すれば余でもどうにもできぬな」

絶体絶命だというのに、殿下は軽い調子で答える。息を呑《の》む私に、殿下は「ああ」と付け加えるように言った。

「心配はいらぬ、アザレア。発動した魔法を止められぬのなら、そもそも発動させなければ良い話であるからな」

「え？」

殿下の発言が理解できず、私が間抜《まぬ》けな声で聞き返すと同時に、頭上でピシリと甲高《かんだか》い音がした。

「な……!?」

伯爵《はくしゃく》が絶句して空を見上げる。つられて顔を上げると、空に浮かんでいた魔法陣にヒビが入っていた。次第《しだい》にヒビは魔法陣全体に広がり、瞬《また》く間にそれは粉々になって砕《くだ》けた。

状況が呑み込めない伯爵と私に、殿下が「余が何も手を打たず、其方の前に現れたと思うのか？」と腕を組む。

「単純な話だ。千の生贄を用いる魔法とは、生贄を用いなければ発動できぬ欠陥《けっかん》のある魔法とも言える。ならば、その生贄として捕《と》らえられた領民を全て助ければ、魔法の発動を阻止《そし》できるというわけだ」

ジュター伯は「あり得ない！」と叫んだ。

「生贄の保管場所はこの領地全体に散らして隠《かく》していたはずだ！　それも、一つではなく三十近くに分けて！　王都《中央》に悟《さと》られぬよう、この地の情報も全て管理していた。事前に儀式のことを知るなど不可能だったはずだ。だというのに、なぜ⁉」

怒《いか》りと困惑をあらわにした伯爵に、ロータス殿下《でんか》は淡々《たんたん》と答えた。

「手製の拘束《こうそく》具が仇《あだ》となったな、ジュター伯。その大魔法は強力な代わり、魔法陣と生贄の魔力を同期させなければいけない代物《しろもの》だ。捕《つか》まった領民の逃亡阻止《とうぼうそし》と魔力同期の時間短縮を兼《か》ね合わせた手枷《てかせ》は、なるほど合理的ではある」

だが、と殿下は続ける。

「そのような複雑な代物を作れば、当然、制作者の魔力の残滓《ざんし》――波長が残ってしまう。吸血鬼となった其方《そなた》の濃い魔力はことさらそうだ。ならば、それと同様の位相の魔力を編み上げ発信し、共鳴した場所を端《はし》から転移して当たれば、自《おの》ずと領民が捕らえられた牢《ろう》を特定できるというわけだ」

魔力の残滓？　波長？　位相？　共鳴？　専門用語ばかりで何言っているのか全くわからな

い。

　魔法に疎《うと》い私は途中から殿下の言葉に疑問符《ぎもんふ》を浮かべていたが、伯爵は彼の話がわかったようだ。ジュター伯はカッと目を見開いて、わなわなと震《ふる》えている。

「な……!? そ、そんなでたらめな！　私の魔力と波長を合わせただと!?　魔力の位相は生まれ持って固有の数値だ。それを弄《いじ》るなど聞いたこともない！　そ、それに、転移だと？　転移魔法だと!?　私が十年以上研究しても使うことが叶《かな》わなかった、転移魔法を使ったというのか!?」

　また殿下がとんでもないことをやってのけたのですね。説明ありがとうございます、伯爵。

　ジュター伯は語気を荒《あら》げ、両手を天にかざすと、先ほどの紫紺の粒子を大量に集めた。怒り心頭《しんとう》に発する様子で、彼は叫ぶ。

「ロータス王太子……いえ、殿下！　私はあなたが大嫌《だいきら》いでしたよ。神に愛されたあなたは、そうやって私達凡人《ぼんじん》の努力を嘲笑《あざわら》い、あっさりと追い越《こ》すのですから！　あなたさえいなければ、私はこうして化け物にならなくて済んだのに！　いや、違う。吸血鬼となった私よりも、あなたこそ、真の化け物ではありませんか！」

　ジュター伯は歪《いびつ》に笑う。私がカッとなって言い返す前に、殿下は伯爵の悪意を豪快《ごうかい》に笑い飛ばした。

「化け物か、それは困るな。余は王になる男だ。化け物程度と評されては、近い未来国を背負う立場としては些《いささ》か頼《たよ》りないというもの。余はまだまだ未熟者であるな」

伯爵の発言に凹《へこ》むどころか、自分はまだ未熟者だと言い切る殿下に、私は目を剝《む》いた。

ロータス殿下が未熟者なら私はなんなんだろう。ミミズ？　イモムシ？

私がふざけたことを考えていると、伯爵が何やら叫んだ。顔を上げれば、ジュター伯が集めていた紫紺の粒子の塊《かたまり》がどんどん大きくなっている。私と殿下、二人ぐらいならすっぽり呑み込めそうな黒い球は、ばちばちと何度も放電を繰《く》り返しており、側《そば》から見ても爆発《ばくはつ》寸前だとわかった。

これってかなり危ないのでは？　とようやく危機感を抱《いだ》いた私は、殿下の腕を無意識に握《にぎ》っていたようだ。殿下の手が私の手に重なり、彼は安心させるように微笑《ほほえ》んだ。

「心配はない、アザレア。未熟者であれど、余は守るべき者を違《たが》えたりはせぬ」

ふと殿下の右手を見れば、いつの間にか武器が握られていた。

生者の魂《たましい》を刈《か》り取る死神を連想させるような、白く煌《きら》めいた大きな鎌《かま》だった。見れば、すぐ近くにいたクウロもいない。白銀のドラゴンは一体どこにいったのだろうか。

殿下は自分の腕から私の手をそっと離させ、大鎌を上段に構えた。

「ユリウス・アル・ジュター。其方の十四年に亘《わた》る王国への忠義に敬意を払《はら》い、余が自ら引導を渡そう」

ジュター伯は高笑いをし、叫ぶように言った。

「私を殺せるものなら殺してみろ、我が王の宿敵よ！」

伯爵は言い終えると、集めた黒い球に雷《かみなり》を纏わせ、私たちへ勢い良く投げた。

びりびりとした衝撃《しょうげき》が肌《はだ》に伝わってくる。一瞬《いっしゅん》で迫《せま》ってくる黒い球に恐怖《きょうふ》して、目を閉じそうになった瞬間、殿下が一歩だけ踏《ふ》み出した。

たった一振《ひとふ》り。

上から下へ、音もなく振り下ろす。

白銀の刃《やいば》が緩《ゆる》やかに弧《こ》を描《えが》き、空を斜《なな》めに裂《さ》いた。白く煌めく鎌の先端《せんたん》が、傷だらけの床《ゆか》に触《ふ》れた瞬間。

空間が割れた。

大鎌が振り下ろされた軌道《きどう》をなぞるように、全《すべ》てが裂ける。黒い球も、部屋も、空気も、音も。そして、伯爵も。まるで最初から存在しなかったように、裂けた部分が消えている。肉の一

目前まで迫っていた黒い球は消滅《しょうめつ》し、ジュター伯は斜めに身体を裂かれていた。肉の一部を失った伯爵は、皮一枚繋《つな》がった首のまま喋《しゃべ》った。

「不死身の私の魂を奪《うば》うとは……やはり、あなたは化け物でございますよ……」

血を吹《ふ》き白目を剝いた彼から、私は目を逸《そ》らせなかった。ゴトゴトと床に伯爵の身体が落ち

る。異質な光景から目が離《はな》せないでいると、不意に戻《もど》ってきたクゥロが嬉《うれ》しそうにそちらへ走って行った。彼女はパクリと床に落ちた物を食べるとそのまま咀嚼《そしゃく》し始め、しばらくしてから呑み込んだ。

呆然《ぼうぜん》としていた私に、クゥロが声をかけてくる。ギャア、と彼女の鳴き声を聞いて正気に戻った私は、へなへなと腰《こし》を抜《ぬ》かした。

——化け物。

伯爵の言葉が脳裏《のうり》に横切った。心臓が早鐘《はやがね》を打つ。殿下の背中が先ほどと違って歪《ゆが》んで見える。

寒くもないのに身体《からだ》が震え始めて、私は自分で自分の肩《かた》を抱いた。無理やり止めようとしても、止まってくれない。理性で抑《おさ》えきれない本能の警鐘《けいしょう》に、私は歯を食いしばる。

「アザレア、怪我《けが》はない——」

殿下が振り返る。私へと伸《の》ばした手が、途中《とちゅう》で止まった。

「……」

殿下は固まり、一瞬だけ顔を強張《こわば》らせた。だけどすぐに何もなかったように、困ったように笑って、私に声をかけるのだ。

「すまぬ、アザレア。怖《こわ》がらせたな」

そう謝りながら伸ばした手を引っ込めようとする。

――ダメだ。

私はあの手を摑《つか》まないとと思い、反射的に手を伸ばした。だが、腰を抜かした状態では殿下《でんか》の腕《うで》に届かず、私の手は空を切る。

私は焦《あせ》りながらも、声が震えないよう気をつけて殿下に言った。

「……で、殿下！」

中途半端《はんぱ》に放置された手でビシッと殿下に指を向け、私は彼と目を合わせた。

「――もう！　あんな大技《おおわざ》を出すなら事前に仰《おっしゃ》ってくださいませ！　見てください、びっくりして腰が抜けてしまったではないですか！」

私は頰《ほお》を膨《ふく》らませ、いかにも怒《おこ》っていると態度で表す。

驚《おどろ》いているからか、何やら言い淀《よど》んでいる殿下に、私は一気に畳《たた》み掛《か》けた。

「そもそも！　婚約《こんやく》者決めのときから思っていたのですが、殿下はお一人で自己完結しすぎです。今回のことだって……まあ、クウロはサプライズですから仕方がないとしても、伯爵《はくしゃく》の正体を知っていらっしゃったなら、一言ぐらい私に仰ってください！　偶然《ぐうぜん》吸血鬼《きゅうけつき》のことを知ったとき、私は生きた心地《ここち》がしませんでしたのよ!?」

「い、いや、それは、確証が持てなかったからで……」

「では相談してください！　それとも私は相談すらできないほど、頼りない存在ですか？」

「そういうわけでは……ただ、アザレアを危ない目に遭《あ》わせるわけには……」

「殿下だって十分危険な目に遭っています！　殿下が私の身をご心配くださるのなら、ご自身もまた私に心配されているのだと知ってください！　だいたい、私は考えるより先に身体が動く人間です。前世《さき》の母にも言われました。私を危ない目に遭わせたくないのなら、一緒《いっしょ》に行動する方が手綱《たづな》を握れて却《かえ》って安全だと！　私という女はそんな性格なのですから、今度からは殿下も気をつけてください！」

「えぇ……？」

　色々と理不尽《りふじん》なことを私に言われ、殿下が困惑《こんわく》する。対して私は本音を多少ぶちまけたので、胸のもやもやが取れて気分がスッキリしていた。怒った態度から一転、私は雰囲気《ふんいき》を和《やわ》らげ殿下に微笑んだ。

「本来は伯爵のことや領地の問題など事後処理がありますが、それは一旦《いったん》置いときましょう。もう私くたくたです。疲《つか》れました」

　だから、と言って、手を伸ばす。

「帰りましょう？　一緒に、城へ」

「………」

　殿下が恐《おそ》る恐るといった様子で指に触れる。殿下に手を取られた瞬間、私はガッチリと強く握り直した。冷たくて、剣《けん》の稽古《けいこ》で皮が固くなった手のひらだった。

びくりと殿下の肩が跳《は》ねる。私はもう一度彼の手を強く握り、名を呼んだ。

「帰りましょう、ロータス殿下」

殿下は強張っていた身体から力を抜き、穏《おだ》やかに笑った。

「……ああ。帰ろう」

殿下が腕に力を込め、私の身体を起き上がらせる。繋いだ手は離さず、私たちはクウロを呼んだ。

今日は少し蒸《む》し暑い。私の手がわずかに熱くなったことも、殿下の手が冷たくなくなったことも、全部気候のせいだろう。

一年の中で最も陽《ひ》が長い季節。初夏が終わり、本格的に夏が始まろうとする頃《ころ》だった。

# 幕間　リリア・アル・オーデンスの独白

私こと、リリア・アル・オーデンスは今年で十四歳になります。特技は投擲《とうてき》で野鳥を仕留めること。苦手なことは真冬の川で魚捕《と》り。茶色の髪《かみ》に茶色の瞳《ひとみ》の平凡《へいぼん》な容姿。特にこれといった特徴《とくちょう》のない伯爵家の長女でございます。

さて、伯爵家と申しても、冠《かんむり》の「貧乏《びんぼう》」が強調されるとして有名なオーデンス家です。なぜここまで我が家が貧乏なのかというと、オーデンス領はなぜか災害が多く、その度洒落《たびしゃれ》にならない被害《ひがい》を受けるので、領民からの税の大半を復興資金に当てなければならないからです。もちろん、国からもいくらか支援《しえん》金をいただいております。雀《すずめ》の涙《なみだ》程度でございますが。ともあれ、並大抵《なみたいてい》の経営手腕《しゅわん》では利益など出せない領地、それが我がオーデンス領。疫病神《やくびょうがみ》が居座っている、呪《のろ》われた土地になります。

私のひいお祖父《じい》様のように敏腕《びんわん》経営者ならば、こんな呪われた土地でも貴族として最低限の生活は送れたそうです。しかし、お祖父様とお父様は領地経営が得意ではなかったため、我が家の財政は一気に傾《かたむ》き家計は火の車に。一時期は爵位を売るべきか否《いな》か、野草を齧《かじ》りながら家族会議を開いたほどですが、今はなんとか落ち着き、食卓《しょくたく》には畑で採れた野菜が並んでおります。

夕食のため野鳥を狩《か》ったり木の実を採ったり山や森を駆《か》け回る日々でしたが、遂《つい》にそんな苦労が報《むく》われるときがやってきました。

なんと、この私に王宮侍女《じじょ》として勤めないかとお誘《さそ》いがきたのです。

通常は成人——十八歳を過ぎてから侍女などのお仕事の話が来るのですが、やや若すぎる私にそんな話がやってきたのは理由があります。

それは、ロータス王太子殿下の婚約者、アザレア・エル・サベージ様のご学友になるためです。

カボス王国の貴族は、十六歳から十八歳までの三年間を寄宿学校で過ごすことが義務付けられています。表向きには、己《おのれ》が育った領地から離れ国王のお膝元《ひざもと》で貴族としての義務と責任を育《はぐく》み、卒業を以《もっ》て貴族の仲間入りとなることを目的としているらしいです。なので、私達の社交界デビューも、学校の卒業パーティを以ていっせいに行われます。

学校は王都にありますから、要は体《てい》の良い人質《ひとじち》ですね。しかも、学校は貴族の寄付金で運営されています。学費自体は無料なのですが、だからといって一文も払《はら》わないのは問題があります。お金を持っている貴族は良いかもしれませんが、私のような貧乏人にはその寄付金という曖昧《あいまい》なものが大変面倒《めんどう》なのです。

少なすぎると周りの貴族にとやかく言われる、多すぎても我が家の家計を圧迫《あっぱく》するだけ。どうせいくら払ってもお金持ちには敵《かな》わないですし文句をつけられるのは目に見えているのですが、お父様とお母様は私が難癖《なんくせ》を付けられないようそれなりの額の寄付金を集めてくれるでしょう……まったく、義務なら無料にしてほしいです。我が家のように両親に苦労をかけたくない子供だっているのですから。

長々と説明をしましたが、要は約一年後、学校に入学するのにそれなりのお金が必要になります。

そして私はアザレア様と同い年。未来の王妃《おうひ》に侍女代わりのご学友が一人や二人付き添《そ》うのは普通《ふつう》であります。そして、ご学友となった方はそれなりの待遇《たいぐう》を期待しても良いでしょう。具体的には給金とか寄付金免除《めんじょ》とか。

つまり、私は在学中アザレア様のお世話をする代わりに、学校にかかる費用が無料となるのです。入学までの約一年は、そのための準備で王宮侍女――アザレア様の侍女として宮廷にお勤めします。もちろん、その間の給金も発生します。月三十万ギル……一年で三百六十万……文官であるお父様の年俸《ねんぽう》の半分……ふふふ、笑いが止まりませんわ。

お金の点からしても、また、アザレア様とお近づきになれるという利点もあったため、私はこの話を二つ返事で了承《りょうしょう》しました。

実は私、アザレア様と一度だけお会いしたことがあるのです。

それは二年前、ロータス殿下の婚約者選びでのことでした。

凡人《ぼんじん》の私では到底《とうてい》考えられない、殿下《でんか》の発案によって、宮廷《きゅうてい》の中庭がジャングルと化した事件のことです。当時十二歳だった私は、忙《いそが》しいお母様とお父様の代わりにお兄様とともに宮廷に参りました。しかし、中庭に入った瞬間《しゅんかん》、驚いたお兄様は転んで頭を打って気絶しましたの。不幸中の幸いにも出入り口付近で倒《たお》れたため、お兄様はそのまま医務室へと運ばれましたわ。

私はお兄様に付き添うべきか迷いましたが、殿下に挨拶《あいさつ》だけでもと中庭に一人で進んだのが運の尽《つ》き。道がぬかるんでいることに気がつかなかった私はそのまま転倒《てんとう》。頭から泥《どろ》に突《つ》っ込んでしまいました。転んで擦《す》った膝《ひざ》の痛みよりも、お母様とお父様が用意してくれた新品のドレスを汚《よご》してしまった方がショックで、私は人目も気にせずわんわんと泣いていたのです。

そんなとき、優《やさ》しく声をかけてくれたのがアザレア様というわけです。

黒と紺色《こんいろ》が混じった髪に、淡《あわ》い金色の瞳を持った、まるで夜空のような人でした。

そのとき、私はろくにお礼が言えませんでした。私を起こしてくれた直後、あの方は何やらお怒《いか》りになった様子で蔓《つる》を渡《わた》って殿下へ突撃《とつげき》してしまい、一悶着《ひともんちゃく》あったあとクリーク様に連行されたため、お声がけすることが叶《かな》わなかったのです。

アザレア様は王家の血を受け継《つ》ぐ公爵家《こうしゃくけ》のご令嬢《れいじょう》。それに加えて、ロータス殿下の正式な婚《こん》約《やく》者……王太子妃《ひ》となるお方に、一介《いっかい》の伯爵家《はくしゃくけ》の娘《むすめ》が気軽に会いにいけるわけがありません。婚約者選びの直後は尚更《なおさら》でした。

アザレア様が殿下を引っ叩《ぱた》き号泣《ごうきゅう》させた事件のあと、お偉《えら》い方々はあの方を非難したようなのです。

お兄様曰《いわ》く、いくらあの場ではロータス殿下が非常識であったとしても、王族を真っ向に批判するのはいかがなものか。お咎《とが》めなしどころか、ましてや正式な婚約者とするなど……というのが、批判意見の主な主張です。

正論ではございますが、あのときロータス殿下を庇《かば》わず、アザレア様を止めず、二人のやり取りを傍観《ぼうかん》していただけの方々が口を揃《そろ》えて仰《おっしゃ》るのですから、貴族というのは汚《きたな》いものですわ。

アザレア様の代わりに我が家の娘の方が相応《ふさわ》しい、というやり取りもよく耳にしたと、お兄様が仰っていました。

アザレア様に非難が集中している今、あの方に会うのは危ないからお止《や》めなさい、とお兄様に諭《さと》され、私はアザレア様にお礼をすることを泣く泣く諦《あきら》めたのです。

まあ、そんな非難もすぐに撤回《てっかい》されたのですが。

きっかけは、かの有名な「聖龍《せいりゅう》の乙女《おとめ》」騒動《そうどう》でございます。

二年前、アザレア様が正式な婚約者と発表された三ヶ月後の出来事です。ジュター伯爵が魔《ま》王《おう》軍のスパイだったという衝撃《しょうげき》の事件に、社交界や政治が混乱したとき市井《しせい》ではある噂《うわさ》が流れていました。

曰く、ロータス殿下以外に、聖龍である白銀のドラゴンを操《あやつ》り、かの伯爵の屋敷《やしき》に勇敢《ゆうかん》に突撃した者がいるという話。

聖龍は建国神話で、神と同一視される存在です。国教であるワラフ教でも、白銀のドラゴンは神々の化身《けしん》として崇《あが》められています。

ドラゴンとは誇《ほこ》り高き生物。基本人間に懐《なつ》かず、己が主《あるじ》とみなした者しか背に乗せないことは有名です。ましてや聖龍と呼ばれる白銀のドラゴンは、その中でも一層誇り高い。ゆえに、教会の中ではロータス殿下は神の使い手として敬われていました。乗り手が一人存在しているだけでも歴史に残ることなのに、二人目など……と教会の人間は半信半疑だったのですが、調べてみれば目撃《もくげき》情報があらたくさん。そしてその人物はアザレア様と判明したわけです。

教会はすぐにアザレア様が聖龍に乗れるのが真実か確認《かくにん》しました。あの方は聖龍に乗って王都をぐるりと一周することで、それを証明したそうです。そのとき、私は領地にいたので拝見できませんでしたが、仕事で宮廷にいたお父様によると、それはもう凄かったと！　聖龍に乗りながらぐるぐると空を飛び、民衆の歓声《かんせい》に応《こた》えるため、アクロバティックな技《わざ》の数々を披露《ひろう》したとか！　乗り終わったあとのアザレア様は、司祭たちの称賛《しょうさん》に傲《おご》ることなく微笑《ほほえ》み、殿下に連れられて優雅《ゆうが》にその場を立ち去ったとのことです。

良《い》いな～。私も見たかったですわ。アザレア様の勇姿を目に焼き付けるのはもちろんのこと、滅多《めった》にお目にかかれない白銀のドラゴンですもの。その姿を絵にして手頃《てごろ》な価格で売ったらそれなりに儲《もう》けを出せたというのに。何なら聖龍が繰《く》り出した技の一場面をいくつか絵として収め、民衆の熱が冷めないうちに絵葉書として売ればなかなかの儲けが出せたのでは……過ぎたことを一々愚痴《ぐち》っていては仕方がないですね。

そのようなこともあって、アザレア様は教会内で一定の地位を得ることができたのです。

教会には多額の資金が貯《たくわ》えられています。それを用いて、ワラフ教は為替《かわせ》手形を発行しているのです。国内には教会がたくさんありますので、必ず各地で手続きができるのが利点です。

そして、お金が大量に集まるということは、必然的に融資《ゆうし》も行っております。教会にお世話になっている貴族も多いのではないのでしょうか。

お金のやり取りは怖《こわ》いですよね。特に借金は。

ここぞとばかりにガブリア陛下がアザレア様の教会内での地位——「聖龍の乙女」として評価されたことを宣伝していて凄《すご》かったです。

私はまだまだ勉強中ですので、ガブリア陛下と教会の間に何らかのやり取りがあったことは察しても、具体的なことまでは想像できません。

ともあれ、一つ確かに言えることは、アザレア様が教会の権威《けんい》を手に入れたことによって、表立って批判する貴族は少なくなったということです。

完全にいなくなったわけではありません。しかし、ここ二年ですっかり少なくなったのも事実。

アザレア様のご活躍《かつやく》は一つではありませんが、それらは私が風の噂で知ったこと。きっと全《すべ》てが真実とは限らないでしょう。

ですから、ご本人に直接確かめたいですわ。

あのとき、助けてもらったお礼もまだ言えてないのですから。

学校生活と見習い期間を合わせて四年間もありますもの。きっと、ご学友になるには、十分な時間ですわ。

……ところで。

王宮侍女《じじょ》のお誘《さそ》いは、お父様が持ってきてくれたお話ですが、一つ不可解な点があるのです。

今回の話に至ったのは、アザレア様のご学友選びに担当の方が頭を悩《なや》ませていたところ、その方の娘が私を熱心に推薦《すいせん》したとか何とか。そして、私の父にこの話を持ってきたと、そういうわけなのです。

こちらとしてはありがたいお話なのですが、ただどうも見過ごせない点がありまして。

私を熱心に推薦してくださったご令嬢、一度も会ったことがないのですよね。

話したことすらない人物の名を挙げるとは、一体、そのご令嬢に何があったのでしょうか？

# 第三章　告白

　私、アザレア・エル・サベージの朝は早い。

　鳥すらまだ眠《ねむ》っている日の出前に起床《きしょう》し、素早《すばや》く身支度《みじたく》を済ます。すっかり着慣れた運動着に袖《そで》を通して、騎士《きし》団の訓練場へと向かう。このとき注意すべきことは、侍女達を起こさないよう静かに歩くことだ。

　まず訓練場に着いたら、すでに訓練を始めているクリーク様とロータス殿下に挨拶。それから準備体操だ。手足の筋肉を伸《の》ばし、怪我《けが》をしないように備える。十分な時間をかけて筋肉をほぐし終えたら、今度は訓練場の周りを三周走り身体《からだ》を温める。もうこの程度では息切れを起こさない。二年間も体育の授業を続けてきた賜物《たまもの》だ。

　準備が終わったなら、クリーク様を呼びに行く。彼は私が走っている間に、ロータス殿下と手合わせを行っているのだ。訓練用の剣《けん》で衝撃波《しょうげきは》を生み出しながら打ち合っている二人を遠巻きに眺《なが》め、まるで師と弟子《でし》の稽古《けいこ》みたいだなと感想を抱《いだ》く。

　ただこの場合、師であるのは殿下の方だけど。

「――っ！」

打ち合いの最中、突然《とつぜん》クリーク様が目を見開き、殿下《でんか》から距離《きょり》を取った。しかし殿下はそれすら見切ったように、間合いを一瞬《いっしゅん》で詰《つ》め喉元《のどもと》へと突《つ》きを繰り出す。クリーク様はそれを剣で逸《そ》らそうとして、失敗する。殿下が途中《とちゅう》で剣の軌道《きどう》を変えたのだ。狙《ねら》いを喉元からクリーク様の手首へ。正確にいえば、彼の持っている剣を空に向かって飛ばすよう突き上げた。

まともに攻撃《こうげき》を食《く》らったクリーク様は、衝撃に耐《た》えきれず剣を手放す。木の剣が宙を舞《ま》う。弧《こ》を描《えが》いて地面に落ちる頃には、クリーク様の喉元に剣が突きつけられていた。

彼は苦い顔をして「参りました」と殿下に告げる。

「まんまとフェイントに引っかかりました。これでは騎士団長の座を譲《ゆず》ることも考えないといけませんね」

殿下は苦笑いをして、剣を下げた。

「それではずっと空席になってしまうな。其方《そなた》の後任を務められる者は、あと十年は現れまい」

「ハハハ、ご冗談《じょうだん》を。私程度の実力で十年ならば、ロータス殿下のようなお方は今後百年は現れませんよ」

クリーク様が手首をさすりながら笑う。

そろそろ声をかけても大丈夫《だいじょうぶ》そうな雰囲気《ふんいき》だろう。私はクリーク様を呼んで、二人に近づいた。

「アザレア様。お待たせしましたか？　申し訳ありません」

「気にしないでください。今日はちょっと早く準備が終わったので、二人の手合わせを参考がてら見学していましたの」

「ふむ、では今度アザレアも余と手合わせしてみるか？」

「いえ私は結構です」

一秒で勝敗がつくのが目に見える。

だいたい木剣で衝撃波を生み出している時点で二人ともちょっとおかしいのだ。殿下に負けてクリーク様はたまにひっそりと落ち込んでいるけれど、彼と打ち合えること自体が常人ではあり得ないと自覚してほしい。その人、鍛錬《たんれん》代わりに魔王を倒《たお》すお方ですよ？　己《おのれ》の努力が足りないとかそういう話ではないと思います。

その二人相手に手合わせをお願いしたらどうなるか。私どころか騎士団の団員がこぞって逃《に》げ出すだろう。命は一つしかないのだから。

私の態度に殿下は「そうか」と残念そうな顔をして、クリーク様に言った。

「余はこれからクウロの様子を見てくる。クリーク、アザレアを頼《たの》むぞ」

「はい。お任せください」

クリーク様が頭を下げて殿下を見送った。

クウロは二年前から宮廷《きゅうてい》に住みついている。というのも、ジュター伯《はく》の事件後、彼女はロータス殿下から離《はな》れようとしなかったのだ。普段《ふだん》なら殿下の用事が済めばさっさと帰るそうなのだが、そのときに限っては訓練場に居座ってうんともすんとも言わなかった。見かねた両陛下が急遽《きゅうきょ》クウロ用の小屋を用意できたから良いものの、それがなかったら長い間騎士団の人に迷《めい》惑《わく》をかけていただろう。まったく、大人しく山に帰れば良いのに。どうしたっていうのかしら。

しかし、クウロは為政者《いせいしゃ》にとって都合の良い存在だ。彼女が王族に従っていることでそれなりの権威が発生する。殿下も私も乗り気では無かったが、仕方なくクウロを宮廷で飼うこととなった。

飼う、と言っても、彼女の世話は殿下か私にしかできないけど。

だってクウロ、私達以外の人間が鱗《うろこ》に触《ふ》れようとでもすれば炎《ほのお》を吐《は》いてくるんだもの。しかも腹が立つことに、殿下が彼女の体を洗っているときは大人しくするのに、私のときは悪戯《いたずら》をする上に文句が多い。鱗の隙間《すきま》までしっかり洗わないと尻尾《しっぽ》を使って抗議《こうぎ》してくるのだ。おかげで何度水浸《みずびた》しになったことか……。

まあ、苦労も多いが彼女に助けられたことも多い。そのことに関しては感謝すべきだろう。

「では、アザレア様。今日の授業を始めましょう」

「ええ。今日は何をするんですか？」

尋《たず》ねれば、クリーク様が授業の内容を話す。今日は護身術と、最近習った初級魔法《まほう》の練習だった。私と相性《あいしょう》が良い、従魔の術を今日は実践《じっせん》するらしい。動物と主従契約《けいやく》を結ぶ魔法だ。魔《ま》法陣《ほうじん》は簡単な上に、内向魔力特化型は従魔となる動物と気が合うため、良く使用されているらしい。

「アザレア様ならすぐマスターしますよ。神聖なドラゴンとも仲が良いですし」

あれが仲良く見えるのか。私は心の中で突っ込みながら、魔法陣の復習をした。

授業を受けながら、なんとなくこれまでのことをぼんやりと振《ふ》り返る。

あの二年前のジュター伯の事件があっても、カボス王国は——少なくとも、私が知る限りは平和な方だった。

国内の有力者に魔王軍側のスパイがいたことは衝撃《しょうげき》で、一時期はどこもかしこも疑心暗鬼《ぎしんあんき》で内戦の心配もあったが、それは杞憂《きゆう》に終わり次第《しだい》に落ち着いていったのだ。

もちろん、問題がなかったわけではない。領民の領主への不信感による反乱や、魔物の大軍が王都に押し寄せてくるといった噂《うわさ》で市井《しせい》の生活が混乱したりなどした。しかし、どれも小規模なものだったので、大きな問題にはならなかったのだ。

……もしかしたら、私が重要視していないだけかもしれないけど。

正直、疎遠《そえん》な政治や市井の生活よりも、身近なロータス殿下の言動の方が私には大きな問題だったからだ。

特にあの時期は色々と凄《すご》かった。

殿下に「クウロと散歩をしてくる」と言われ見送れば、何故《なぜ》か敵国であるグンニルの皇帝《こうてい》と仲良くなってきて、後日和平条約を結ぶ親書が送られてきたり。

殿下に「明日は違《ちが》うところで鍛錬してくる」と言われ了承《りょうしょう》すれば、何故か聖剣を土台ごと持って魔王を倒してきて、その三日前に選ばれた勇者殿《どの》と聖女様に手柄《てがら》を押し付けたり。

殿下に「世紀の大発見をした」と魔法で告げられ何事かと尋ねれば、何故か精霊《せいれい》界にいると返され、帰り道を見つけるまで時間がかかるからしばらくこっちに戻《もど》れないと言われたり。

あれは大変だった。学者総出で書物や論文を引っ張り出し、縁《えん》を辿《たど》れば人間界に帰ってこられるかもしれないと推測し、殿下と一番縁の深い私が代表で精霊界に送り込まれ、何とか彼を連れて帰ってきたのだから。おそらく、あの騒動《そうどう》が無かったら学者さん達と仲良くなっていなかっただろう。

まあそのとき、殿下と一緒《いっしょ》に大量の精霊がこっそり付いてきて、人間界に満足するまで帰らないと駄々《だだ》を捏《こ》ねられた結果、ひと月ほど国内を旅するはめになったのだが。

そんな感じの日常を過ごしていると、あっという間に二年が経《た》ち、もう私も十四歳だ。

心臓が飛び出るような思いを幾度《いくど》もしてきたためか、並大抵《なみたいてい》のことでは驚《おどろ》かなくなった代わりに世情に鈍感《どんかん》になってしまった。これはいけないと思いつつも心の底から焦《あせ》っていないあたり、殿下の影響《えいきょう》を受けているのかもしれない。

こんな調子で大丈夫なのだろうか。殿下をお叱《しか》りする役目が私の仕事なのに。私が常識から外れたら元も子もないような気がする。

よし、決めた。これから私は、もっと殿下に厳しく、それよりも自分に厳しくなろう。私に代わる未来の王妃《おうひ》のためにも、殿下の破天荒《はてんこう》な行動を改めてもらおう。

そう考えて、私は再び気を引き締《し》め、授業に集中した。

真昼間。体育の後、いつもより念入りにお風呂《ふろ》で綺麗《きれい》にされた私は、商人が持ってきた大量の女性服と宝石の前で気合いを入れた。

今日の授業は午前で終わりだった。魔法学と経済学の授業は難しいので辛《つら》かったが、午後から行われる用事もかなり大変だ。生半可な気持ちで挑《いど》めば手痛いしっぺ返しをくらう。というか、くらった。二年前、舐《な》めてかかったらそれはそれは酷《ひど》い目にあった。大嫌《だいきら》いな古文の授業を受けていた方がマシだと思うほど、酷かったのだ。

だから私は轍《てつ》を踏《ふ》まないために、気を引き締めるよう背筋を伸《の》ばした。

「あらあら。今回も新作がたくさんで嬉《うれ》しいわ。とりあえず右端《みぎはし》から試着してみましょう、アザレア？」

ガブリア王妃がにこりと笑って、一番右端に並んでいた青紫《あおむらさき》のドレスを手に取る。王妃陛下の後ろに控《ひか》えていた商人がサッとドレスに合わせた靴《くつ》と宝石を複数差し出してきた。そしてそれらを二人の侍女《じじょ》――新人のリリアとイザベラが受け取って、私を衝立《ついたて》の後ろへと誘導《ゆうどう》する。

私はそれに大人しく従い、覚悟《かくご》を決めた。

ガブリア王妃と商人達による、私の着せ替《か》え人形劇が幕を開けたのだった。


「疲《つか》れた。もう動きたくない」

数時間後、一時的にガブリア王妃から解放された私は自室に避難《ひなん》していた。何十着のドレスを着せられた私はもうへとへとだった。文句を言ってソファで横になって寛《くつろ》いでいると、私と同い年のイザベラがあらあらと注意してくる。

「アザレア様、まだ衣装《いしょう》選びは終わっておりません。その体勢ではお召《め》し物に皺《しわ》がついてしまいます。休憩《きゅうけい》を挟《はさ》んだあと、今度は東方の化粧《けしょう》品をいくつかご覧になっていただきますので、あまり寛ぎすぎないように」

おっとりとした新米侍女に指摘《してき》され、私は不満ながらも渋々《しぶしぶ》と姿勢を正した。

月に一度の恒例《こうれい》行事、仕事のドレス選び。この仕事とは、月初めに私がクウロの背に乗って王都の上空を一周することだ。

なぜそんなことをするのかと言うと、二年前、成り行きで彼女に乗ってしまったことがきっかけだった。

私にとっては嫌味《いやみ》なドラゴンでしかないが、世間では聖龍《せいりゅう》は神聖な存在。クウロに乗ってしまうことは宗教的に色々と問題があったようだ。

ロータス殿下は色々と規格外なため例外視されていたが、二人目だった私は別。クウロに乗れるのか乗れないのかハッキリしてくれと教会側に頼まれ、私は面倒《めんどう》な予感がしつつも断ることもできなかったのだ。そして、結果は飛べてしまった。どうせクウロは私の言うこと聞かないし、殿下の命令がなければ飛ばないだろうと高を括《くく》っていたのが裏目にでた。

あの性悪ドラゴンは私の嫌がることを的確に察し、それを実行するのだ。もちろん二年前も例外ではない。王都の上空で気前よくグルグルと飛んで回った彼女は大いに目立った。

クウロの飛行に王都の住民は興奮し、もう一度見たいとの要望が教会に多く寄せられたらしい。その際、私に対する質問も多かったとか。教会とガブリア陛下は、民衆が私に注目していることに気がついたのだ。

それからの彼らは行動が早かった。すぐさま教典から都合の良い文章を引っ張り出してくると、私が国民に祝福を授《さず》ける存在だと言い始めたり、複数の商会《しょうかい》に私のことを紹介し、新作のドレスやら靴やらを大量に持ってこさせたのだ。

状況《じょうきょう》を呑《の》み込めずにいた私をあっという間に着《き》飾《かざ》り、王妃陛下は船酔《ふなよ》いの薬を差し出しながら告げた。

「アザレア、もう一度クゥロに乗って王都を飛んできなさい」

拒否《きょひ》権はなかった。

かくして私は商会の新作ドレスの広告塔《こうこくとう》となってしまったのだ。

これが功を成し、私が着たドレスは飛ぶように売れたそうだ。見事に成果を出してしまった私は、こうして広告塔の仕事を続けさせられているのであった。

毎月毎月、半日も費《つい》やして私に似合うドレスや小物を選ぶのは王妃陛下の意向だ。未来の王妃に情けない格好をさせられないからと、それっぽい理由を仰《おっしゃ》っていたが本音は私で遊びたいのだと思う。だってドレス選びのときの王妃陛下目が輝《かがや》いているもの。絶対楽しんでるって。

私もなんやかんや楽しんでいるのだけど、終わったあと疲れるからもう少し試着の量を減らして欲しいな。切実に。

休憩後もまた色々と試《ため》されるな、と髪《かみ》の毛を弄《いじ》っていると、イザベラが尋ねてきた。

「そういえば、アザレア様は御髪《おぐし》を短くなさらないのですか？　貴族間でも短髪《たんぱつ》が流行《はや》ってきているみたいですよ」

「短髪ね……」

この世界は、前世と比べて女性の地位が高い。女性は長髪でなければはしたないとか、そんな風習もない。素晴《すば》らしいことだ。

だから私も、流行りに任せて短髪にしても、罪はないのだろうが……。

「うなじを出す髪型は好きじゃないの。髪を切られる感覚も、苦手だし」

処刑時《あのとき》を思い出すから。

　イザベラが「そうなのですか」と微笑《ほほえ》んだとき、リリアが紅茶を運んできた。

「大変お待たせいたしました、アザレア様」

淡々《たんたん》とお茶の準備をする彼女に、私は努めて明るくお礼を言う。

「ありがとう、リリア。ごめんね、疲れているのに頼《たの》んじゃって」

「いえ、これが私の仕事ですから」

抑揚《よくよう》なく返事するリリアは無表情だった。無愛想とも取れる態度に、イザベラが窘《たしな》めるように彼女の名を呼んだ。

　リリアは構わず紅茶を用意し、私に差し出してきた。お礼を言って、カップを受け取る。

……私、何か気に障《さわ》ることでもしたかな。

　リリアとは一度だけ会っていた。忘れるはずもない、あの二年前の婚約《こんやく》者選びのときに出会った女の子だ。容姿に面影《おもかげ》があったからすぐに思い出した。

　だけど、性格は昔と違っていた。前は感情豊かな印象があったのだが、実際はかなり落ち着いていて表情に乏《とぼ》しい。

　もしかしてこっちが彼女の素なのかも、とリリアをちらりと見る。すると、ケーキを用意していた彼女と目が合った。

「……お口に合いませんでしたか？」

リリアが私の手元を見て言った。表情こそ変わっていないけれど、その様子はどこかしょげている。そういえば、リリアにお茶を淹《い》れて貰《もら》うのは初めてだっけ。まだ一口も飲んでいなかった私は、彼女を安心させるよう微笑んだ。

「いえ、いまからいただくわ」

背後から視線を感じる。後ろにいるイザベラも心配しているのだろうか。用意を頼んだのは私なのだから、たとえ不味《まず》くてもリリアを責めたりはしない。微妙《びみょう》だったら私の好みを伝えて、次回から気をつけてもらえれば良いだけだ。

そう思ってカップに口をつけようとした瞬間《しゅんかん》。

『わーい！　アザレア！　げんきー!?』

ゴン！

オレンジ色の水面から、勢いよく何かが飛び出し鼻にぶつかった。

「～～!!」

突然《とつぜん》の痛みに、カップを落とし鼻を両手で押さえる。床《ゆか》に転がるティーカップは、絨毯《じゅうたん》に染《し》みを作っていた。

「ア、アザレア様。大丈夫《だいじょうぶ》ですか」

痛みに悶《もだ》えていると、イザベラが心配そうに覗《のぞ》き込んできた。私は鼻を押さえながら、声の正体を言い当てる。

「ウンディーネ！　なんで精霊《せいれい》が人間界《ここ》に!?」

水を司《つかさど》る精霊ウンディーネは、私をケタケタと笑いながらティーポットへと逃《に》げた。自在に身体《からだ》の大きさを操《あやつ》れる彼女は、注ぎ口からするりと中へ入り、パカッと蓋《ふた》を持ち上げ顔を見せる。

人間のようでいて魚と同じ鱗《うろこ》とヒレがある精霊は、ニヤリと悪戯《いたずら》っ子のように笑った。

『呼んだ。ロータス、ぼくら呼んだ。だから、あそぶ』

「は……？」

い、ぼくら？

私の疑問など露《つゆ》も知らず、ウンディーネはケタケタと笑ってポットの中へ消えた。リリアが蓋を取り中を確認《かくにん》するも、すでに精霊は跡形《あとかた》もなく消えていた。

そして扉《とびら》の向こうから聞こえてくる使用人達の悲鳴。何かが崩《くず》れる音や割れる音に、私は頬《ほお》が引きつった。

「……アザレア様？」

恐《おそ》る恐ると言った様子でイザベラが私の名を呼ぶ。

私は鼻の痛みも忘れ、彼女に尋《たず》ねる。

「ロータス殿下《でんか》達は、いまどこにいたかしら？」

「待て待てアザレア。余は悪くない。悪くないぞ。今回の件は断じて余達のせいではないぞ」

「待ってください。アザレア様。僕のせいではありません。決して僕らが原因ではありません。殿下と僕が失敗するなんて天地がひっくり返ってもあり得ませんから」

宮廷《きゅうてい》の本館から南にある朱《あか》の棟《とう》。正面から見て一番右端《みぎはし》にある研究所で、ボロボロな姿の少年二人が慌《あわ》てて私に弁解してきた。

一人は我《われ》らが王太子、ロータス殿下。赤い髪と赤い瞳《ひとみ》が特徴《とくちょう》で、太陽みたいな輝かしいお方。最近私の身長を抜《ぬ》かした彼は、その背中で複数の精霊を私から隠《かく》そうとしていた。悪戯好きの彼らが大人しく留《とど》まれるわけないから、隠し切れていないけど。

もう一人は、殿下の助手として三ヶ月前に雇《やと》われ始めた自称《じしょう》天才魔術師《まじゅつし》。私達と同い年で、黒髪《くろかみ》黒目で私よりも小柄《こがら》な彼の名はシュナ・イル・ホウエンス。ホウエンス子爵《ししゃく》の次男は、床に描《えが》かれた魔法陣《まほうじん》の上に置いてある道具類を、こそこそと片付けようとしていた。

「シュナ殿《どの》。ロータス殿下」

私が二人の名を呼ぶと、彼らの肩《かた》が大袈裟《おおげさ》に跳《は》ねる。私はその場に立ったまま目の前を指差した。

「きなさい」

『……』

二人はおずおずと私の前に来て、無言で膝《ひざ》を折って座った。殿下に付いてきた精霊達が『どうしたのー？』と無邪気《むじゃき》に首を傾《かし》げている。

私は正座した二人を見下ろし、冷ややかに言った。

「一つお伺《うかが》いしたいのですが、王国きっての天才が揃《そろ》いも揃って何をしていらっしゃったのですか？」

「お待ち下さいアザレア様。一つ訂正《ていせい》を」

シュナがキッパリと言った。

「僕は天才ではありません」

自称だしね。

「大天才です」

ぶん殴《なぐ》るぞ。

得意気な顔をするシュナを殴りたくなったが、何とかその衝動《しょうどう》を抑《おさ》える。

自尊心が天より高い彼を無視し、私は精霊達に良いように遊ばれている殿下に尋ねた。

「ロータス殿下」

「精霊界との回路を安定して接続できるかどうか試した結果、制御《せいぎょ》用の魔法陣が暴走して精霊達を人間界に呼んでしまいました」

殿下が敬語で答えると、シュナが「そうなんですよ！」と元気よく頷《うなず》いた。

「計算だと魔法陣が暴走するはずないんです。たとえ失敗しても途中《とちゅう》で壊《こわ》れるよう設計しています。なのに、一定数の精霊をこちらに呼ぶまで術が止まらなかったんです」

「……やはり、陣の大きさに対して術式が多すぎたのではないか？　もう少し式を減らして代わりに呪文《じゅもん》にした方が……」

「しかし殿下。それだと呪文の比重が多すぎて式が耐《た》えられませんし、何よりかにより魔力が足りないと話したではありませんか。今回ですら最高峰《さいこうほう》の魔石を五つも使ってようやく陣を発動できたのに」

「うむ……根本的に魔力消費が高すぎる。やはりこれを解決しなければ先に進めぬか」

わざとらしく研究内容を持ち出してきた二人に、私は告げる。

「お二人とも、言うべきことはそれだけですか？」

思いのほか低い声が出た。ぎくりと強張《こわば》った二人が、私の前で小声で相談し始める。

「ちょっと殿下。やっぱりアザレア様にアレ言うべきですよ。アレ」

「アレか？　でもアレでアザレアが許してくれると思うか？」

聞こえているぞ二人とも。

何かを企《たくら》んでいる彼らに呆《あき》れていると、シュナが殿下を励《はげ》ますように言った。

「物は試《ため》しですよ。殿下頑張《がんば》れ」

シュナに応援《おうえん》され、殿下がこほんと咳払《せきばら》いをした。

「あー、アザレア」

「なんですか」

私が聞き返すと、殿下は満面の笑《え》みを浮《う》かべる。

「怒《おこ》った顔も可愛《かわい》いぞ」

ゴン！

「こんなときにふざけないでください！」

私は怒った。つい勢いに任せて殿下の頭を叩《たた》いた拳《こぶし》が痛い。

殿下が「なぜ余だけ……」と呟《つぶや》き精霊達に笑われているが、知ったことではない。私は腰《こし》に手を当てて彼らを叱《しか》る。

「どれだけの人に迷惑《めいわく》をかけたと思っているのですか！　言い訳よりも、まず先に言うべきことがあるでしょう？」

「すまぬ」

「申し訳ありません」

二人は素直《すなお》に頭を下げてきた。最初からそうしなさい。あと私だけに謝っても仕方ないでしょうが。

私は一緒《いっしょ》に連れてきたリリアとイザベラに合図して、二人が持っていた鳥籠《とりかご》を渡《わた》してもらった。籠の中では精霊が飴《あめ》やクッキーなどを食べながら寛《くつろ》いでいる。道中で捕《つか》まえてきたのだ。お菓子《かし》を餌《えさ》に連れてきた彼らは『そろそろあそんでいいー？』と私に尋ねてくる。

精霊に「少々お待ちください」と言って、殿下たちに道中のことを報告する。

「とりあえず本館にいた精霊たちは捕まえてきました。全員いるか確かめてください。本館は酷《ひど》いあり様ですよ。廊下《ろうか》は水でびしょ濡《ぬ》れ。窓は割れる、庭は荒《あ》らされる。厨房《ちゅうぼう》の食材は勝手に食べられる、文官の書類は落書きされる。宮廷の皆《みな》さまが困っています。即刻《そっこく》、後片付けと彼らに謝罪とお詫《わ》びを」

「面目《めんぼく》ない……」

「かしこまりました……」

二人は項垂《うなだ》れながら了承《りょうしょう》した。殿下が鳥籠の中を確認すると「一匹《ぴき》足りない」と苦い顔をする。誰《だれ》がいないのか尋ねると、殿下は「サラマンダーがいない」と答えた。

火を司る精霊であるサラマンダーは赤いトカゲのような見た目だ。火や炎《ほのお》を好むため、暖炉《だんろ》や厨房に隠れているのかもしれない。

サラマンダーの居場所に見当をつけながら、私は恨《うら》めしげに殿下達に言った。

「そもそも、なぜ今更《いまさら》になって精霊界との接続を試みているのですか？　半年前の事件からこれ以上の発展は見込めないと言って、研究を打ち切ったではありませんか」

半年前、殿下が精霊《せいれい》界に成り行きで飛んでしまったときのことだ。

現在、人間界と精霊界の空間は繋《つな》がっておらず、それぞれ完全に独立している。大昔はかろうじて繋がっていたため精霊を使役《しえき》する魔法なども盛んだったが、今は完全に途絶《とだ》えていたはずだった。

殿下はその大昔に繋がっていた空間を復元し、補強して回路を作ったらしい。そして繋がったかどうか確かめるために自らその空間に飛び込んだそうだ。

結果、行きは繋がっていたが帰りの経路は潰《つぶ》れていたため、学者総出で帰り方を模索《もさく》し、なんとか人間界に連れ戻《もど》したのだ。

その際、精霊界から人間界の経路が復元し回路が完成したらしい。だが、回路は常に不安定である上にこれ以上補強できないため、研究はやめると殿下は言っていたのだ。

それから彼の興味は他《ほか》に移ったように思えたのだが、半年も経《た》って研究を再開したのはなぜなのだろうか。

私の問いかけに、殿下はわかりやすく動揺《どうよう》した。

「あ、えっと……その、シュナを雇ってから、また興味が湧《わ》いたのでな……」

目を泳がす彼に私は直感した。

何か隠しているな。

私がもう一度問い詰《つ》めようとすると、殿下の髪《かみ》を弄《いじ》っていた精霊達が『だめよ！』と叫《さけ》んだ。

『うそはだめよ！　ロータス、うそはだめ！』

『うんうん。うそ、だめ』

『アザレア、教えてあげる』

森の化身《けしん》であるフェアリーがクスクスと笑って殿下《でんか》から離《はな》れる。

殿下が「待て」と慌《あわ》てて彼女を掴《つか》もうとするが、他の精霊達に『だーめ』と頭を押され床《ゆか》に突《つ》っ伏《ぷ》してしまう。あんなに小さいのに殿下並みの力を持っているのだから恐《おそ》ろしいものだ。

殿下が拘束《こうそく》されている隙《すき》にフェアリーは私の耳元に近づき、楽しそうに囁《ささや》いた。

『あのね、あのね。ロータスはね、あなたのために私達の王様に会いに行こうとしてるの』

「私のため？」

フェアリーは微笑《ほほえ》む。人の心が読める彼女は、私や殿下の考えなどお見通しだ。フェアリーは美しい羽をパタパタと動かしながら、『ね、ロータス？』と殿下に言った。

彼は身体《からだ》を拘束する精霊達を丁寧《ていねい》に引き剝《は》がしながら、彼女に懇願《こんがん》する。

「待てフェアリー！　お菓子をやるからそれ以上は言わないでくれ！」

「ではその倍のお菓子を用意するので続けてください」

『ほんと!?　約束よ、アザレア』

フェアリーは私の周りをくるくると回って、上機嫌《じょうきげん》に理由を教えてくれた。

『精霊王の涙《なみだ》である、太陽の石《ヘリオライト》をアザレアにプレゼントしようとしたの！』

「ああああああああああああ!!」

殿下が顔を両手で隠《かく》して叫んだ。

精霊達はそんな彼の様子を面白《おもしろ》そうに笑っている。

『ロータス、はずかしがってる』

『なんで？　なんで？』

「やめてくれ！　もう黙《だま》っていてくれ！」

殿下の悲痛な訴《うった》えはフェアリーに届かなかった。

『アザレアが私達のお家《うち》に遊びにきたとき、太陽の石《ヘリオライト》を綺麗《きれい》だと褒《ほ》めたでしょう？　それをロータスは覚えていたの。残念ながらお誕生日には間に合わなかったけど、今度のお祭りのとき渡そうと思っていたんだって！』

「うわあああああああ!!」

再び絶叫《ぜっきょう》する殿下に構わず、フェアリーは彼の心を読み続ける。

『それでね、いくら綺麗といっても石のまま渡すなんてそっけないでしょう？　だから、あなたに似合うようなアクセサリーを自作しようと考えていたの。そうね、常に身につけていられる、アザレアが気にいるようなゆび――』

「■■■■■――!!」

殿下が聞いたことがない言語で何かを叫ぶと、黒い輪がフェアリーの身体を締《し》め付けようとする。

『やだ、ロータスのえっち。[redacted]』

フェアリーも軽い調子で聞き取れない言葉を喋《しゃべ》った。すると、彼女の周りにあった黒い輪は消え、代わりに殿下の身体を拘束する。

もがく彼の姿を見て、シュナが短く悲鳴を上げた。

「特級魔法に呪術《じゅじゅつ》返し……精霊ってやっぱりえげつない……」

『ふふふ、すごいでしょう？』

笑うフェアリーに、シュナは青ざめながらこくこくと頷《うなず》いた。

後ろに控《ひか》えていたリリアが、床に蹲《うずくま》る殿下を見てボソリと呟く。

「……おもい」

表情こそ変わっていないが、彼に引き気味だということがわかる。イザベラも微妙《びみょう》な笑みを浮かべていた。

そんな二人の様子を見て、シュナが殿下に耳打ちする。

「ロータス殿下。やっぱり精霊界まで行って指輪作ってくるのは淑女《しゅくじょ》受け悪いみたいですよ。なんか引かれてません？」

「〜〜〜!!」

シュナの小さくない小声が殿下に止《とど》めを刺《さ》した。精霊達が『おもい？　おもいねー。ロータ

スおもい』と追い討《う》ちをかける。

声を上げる気力が無くなったのか、床に突っ伏したまま殿下は悶《もだ》え始めた。

「………」

恐らく羞恥《しゅうち》で震《ふる》えている彼を、私は顔を真っ赤にして見下ろしていた。

え、私のために、わざわざ大変な思いまでして実験してくれていたの？

胸が早鐘《はやがね》を打ち、ほんのりと温かい気持ちになる。

しかし、いくら私のためとはいえ、他人の目というものがある。殿下の行為《こうい》は嬉《うれ》しいけど、ここは一つ、彼のためにもビシッと注意しないと。

「ま、まあ、そういうことでしたら、一概《いちがい》に殿下が悪いと断じられないというか、その、ちょっとは、私のせいでもありますし、殿下だけを責めるのは違《ちが》うというか……」

まずい。頬《ほお》が緩《ゆる》む。気を抜《ぬ》くとにやけそうだ。

こそばゆい気持ちを隠しきれない私を見て、シュナが「うわあ」と驚《おどろ》いた顔をした。

「アザレア様、ちょろい」

「フェアリー。シュナ殿《どの》が寂《さみ》しがっているようなので彼と遊んでもらってもよろしいですか？」

『良いわー。早くお菓子、ちょうだいね？』

フェアリーが殿下の拘束を解き、私の肩《かた》からシュナの方へ飛んでいく。殿下で遊んでいた精霊達も『ぼくも』『わたしも』と言って、彼の方へ移って行った。

十四《ぴき》はいる彼らにいっせいにのしかかられてシュナは悲鳴を上げたが、私は構わず殿下に近づいた。彼の前にしゃがんで名前を呼ぶ。

「ロータス殿下」

「……うぅ、見るなぁ。情けないから、見ないでくれ……」

殿下は両手で顔を隠し、頑《かたく》なに私を見ようとしない。私は「情けなくありません」と彼の言葉を否定した。

「私は嬉しいですよ。殿下が私のために頑張《がんば》ってくれて」

「だ、だが」

「殿下が恥《は》ずべきことなんてないではありませんか。今回、使用人に迷惑《めいわく》をかけてしまったことだけ反省してくれれば良いのです」

殿下が恐る恐る顔から手を離し、茹《ゆ》で蛸《だこ》のように真っ赤になった顔で私に言った。

「……余を、格好《かっこ》悪いと思わないのか？」

いいえ可愛《かわい》いです。

ぐっと本音を我慢《がまん》し、「殿下はとても格好良いですよ」と微笑んだ。

それでも殿下は自信なさそうに呻《うめ》くので、私は彼の手を取った。

「殿下。指輪の大きさは、これぐらいが私にぴったりだと覚えておいてください」

指と指を絡《から》めるよう手を握《にぎ》って、左手の薬指の大きさを殿下に教える。本当はちゃんと寸法をとるか号数で教えた方が良いのだろうけど、彼ならこれでも大丈夫《だいじょうぶ》だろう。

殿下は私と手を繋《つな》いだまま、不安げに尋《たず》ねてくる。

「ア、アザレア。その、良いのか？」

「何のことでしょう？」

「……指輪を贈《おく》っても、良いのか」

「くださらないのですか？」

殿下は小さく横に首を振《ふ》った。

「では、楽しみにしています」

私が笑うと、殿下はうつむいて小声で返事をした。

「……必ず、渡《わた》す。約束だ」

「はい。約束です」

私は殿下と手を繋いだまま立ち上がった。

「それではまず、本館の使用人や文官に謝りに行きましょう。サラマンダーも捜《さが》さなければいけないですしね。私もお供します」

リリアとイザベラに先に部屋に帰っているよう指示し、殿下を立ち上がらせる。殿下と手を繋いだまま軽い足取りで出口に向かうと、フェアリーが『アザレア！　お菓子《かし》！』と叫《さけ》んだので、すぐに持ってくると返事をした。

「待って、アザレア様！　僕を助けて！」

シュナが精霊《せいれい》達に身ぐるみを剥《は》がされかけていたが、彼には引き続き精霊の気を引く役目を与《あた》え、私と殿下《でんか》は本館に向かった。

「もう、ロータス殿下ったら。恥ずかしがり屋なんですから」

私は殿下と別れ、自室として与えられている王太子妃《ひ》の部屋へと向かっていた。

最初は彼と共に各方面へ謝罪と後始末をしていたのだが、廊下《ろうか》や窓を殿下が魔法《まほう》で直し、次は文官の書類を復元しに行こうとしたとき、騒《さわ》ぎを聞きつけた両陛下と宰相《さいしょう》のエルメット様に今回の原因を聞かれたのだ。

なので、正直に「殿下が私のために精霊界まで行って指輪を作ろうとしてくれている」と答えたら、殿下が慌《あわ》てて「残りは一人でやるから、サラマンダーを捜してきてくれ」と私を置いてさっさと文官室へと移動してしまった。

その様子を見て、私は満面の笑《え》みで陛下らに頭を下げてその場を去った。明るい気持ちで厨《ちゅう》房《ぼう》に寄り、フェアリーに頼《たの》まれたお菓子を貰《もら》おうとした。だが生憎《あいにく》と厨房では作り置きのお菓子を切らしており、今から作るにも時間がかかると言われたのだ。どうしようかと悩《なや》んだとき、そう言えば居室にお茶菓子が残っていたと気づき、私は一度部屋に戻《もど》ろうと考えたのだ。

綺麗《きれい》になった廊下を歩きながら、先ほどの殿下の焦《あせ》った様子を思い出し、幸せな気分になる。

「指輪か……ふふ、楽しみ」

スキップしそうなほど弾《はず》んだ気持ちから、ふと我に返った。

もしかして私、殿下のこと好きだったりする？

はたと思い至り、いやいやと首を振る。

そんなはずがない。誰《だれ》かが自分のために動いてくれたら嬉しいと思うのは当然だ。そもそも、殿下が私のことを好きだとは限らない。私に日頃《ひごろ》の感謝を、といった労《いた》わる類《たぐい》の気持ちで、指輪を贈ってくれるかもしれないのだ。多分。そういうことにしておく。

……そうでないと、ダメだ。だって、前世で大切な人を不幸にしてきた私が、簡単に誰かを好きになって、幸せになっていいはずがない。

だから、殿下に愛を伝えられても、私はそれを受け取る資格がない。指輪だって、断った方が良かったはずなのに。どうして、あのとき、断らなかったんだろう。

うだうだと考えていると、あっという間に居室のある三階に着いた。

本館三階、一番右手奥にある部屋が王太子妃のそれだ。本来なら王太子妃の部屋はいくつもあるらしいが、未《いま》だ婚約《こんやく》関係にあるだけの私は、居室とその隣《となり》にある寝室《しんしつ》を使わせてもらっている。先ほどお茶をしたのは前者のためそちらへ向かった。部屋の目の前まで来ると、ガチャリと扉《とびら》が開いた。

中から暗い顔をしたリリアが出てくる。彼女は私を見つけると、サッと顔が青ざめた。

「アザレア様……殿下と一緒《いっしょ》なのでは？」

「ええ。でも、途中《とちゅう》で別れてサラマンダーを捜すことになったの。それと、朱《あか》の棟《とう》にいる精霊達にお菓子を持っていかないと。まだお茶菓子が残っていたはずよね？　それ、持っていっても良いかしら？」

私が居室へ入ろうとすると、リリアは慌てて私を引き止めてきた。

「お待ちください。私が取ってきますので、アザレア様は少々ここでお待ちください」

どこか必死な様子の彼女に、私は少し驚いた。

「さほど手間でもないし、私は別にこれくらい構わないわよ？」

「いえ、そのような理由ではなく……」

リリアは顔を曇《くも》らせた。言い辛《づら》そうにする彼女に何と声をかければいいか迷っていると、ガチャと音がした。

音源は扉からだった。部屋の目の前で立ち止まっていた私達に、扉を開けたイザベラが震えた声で言った。

「ア、アザレア様。お客様がお待ちです……」

怯《おび》えた彼女の肩越《かたご》しに見えるのは、いつもの部屋の風景。

だけど、普段《ふだん》私が寛《くつろ》いでいるソファに、見慣れぬ人物が座っていた。

十人中十人が振り返るほど美しい少女。作りもののように整った顔をした彼女は、私と同い年ぐらいで、人形のような無機的な印象を抱《いだ》かせる。少女は私に気がつき、その金色の瞳《ひとみ》をこちらに向けた。

「あは。お姉様」

ニコリと笑ったその顔は、嫌《いや》というほど見覚えがあった。

「来ちゃった」

金髪《きんぱつ》金目の美しい少女。

異母妹のエリーゼが、そこにいた。

二年ぶりに異母妹と再会し、急速に口の中が乾《かわ》いていくのを感じた。

「何故《なぜ》あなたがここに……」

彼女に悟《さと》られぬよう平静を装《よそお》う。リリアが小声で「私達が戻ったときにはすでに」と教えてくれた。

私は彼女と怯えるイザベラを後ろに下がらせ、エリーゼが座っているソファに近づいた。ニコニコと笑っている異母妹と、立ったまま対峙《たいじ》する。

「ここがどこだかわかっているのですか？　たとえ親族であろうとも、許可なく気軽に来て良い場所ではないと、あなたなら理解しているはずでしょう？」

私が彼女を睨《にら》むと、エリーゼは「お姉様ったら酷《ひど》いわ」とおもむろにハンカチを取り出して、嘘《うそ》泣きを始めた。

「二年前、お姉様がロータス殿下の婚約者に選ばれて以来、私達姉妹は一度もお会いできなかったではありませんか。お誕生日も、新年のお祝いも。王妃教育に忙《いそが》しいのを理由に、ロータス殿下は頑《かたく》なに私とお姉様を会わせてくださらない。腹違《はらちが》いとはいえど大切な家族が無事に過ごしているか心配で心配で……殿下の意地悪にも負けず、やっとの思いで会いにきたというのに、こんな仕打ちあんまりですわ」

　おいおいと泣くエリーゼに、「白々しい」と言い放つ。

「公爵《こうしゃく》家にいた頃、あなた達が私の誕生日を祝ったことなどありましたか？　家族の情など、とっくのとうに無くなっているではないですか」

「それもそうでしたわ。お姉様ったら可愛《かわい》げがありませんから、お父様とお母様にすっごく嫌《きら》われていますもの！」

　嘘泣きを止《や》め、あっけらかんとエリーゼは言った。何が可笑《おか》しいのかニコニコと笑っている。

　相変わらず気味が悪い。世間の噂《うわさ》とは大違いだ。

ここ二年、彼女とは会わなかったが評判はいくつか耳にしていた。月の女神《めがみ》のように美しい容姿だとか、慈悲《じひ》深い性格の持ち主だとか。実家の繋《つな》がりゆえか有力者と仲も良さそうで、実際、私は三人の大臣からエリーゼのことを尋《たず》ねられたことがあった。そのとき、「素晴《すば》らしい才能の持ち主」や「あれほど高潔な人物はいない」などと彼女は褒《ほ》められていたのだ。

世間で噂されるエリーゼと、私が対峙する彼女の印象はどうにも合わない。噂と一致《いっち》しているのは外見ぐらいだろう。

「用はそれだけですか？　なら、さっさとお引き取りを。あまり長居するようなら衛兵を呼ぶわよ」

私はエリーゼの悪意を受け流し脅《おど》すように言うと、彼女は「嫌だわ、お姉様」と苦笑《くしょう》した。

「どうやって私がここに来られたと思っているのかしら？　ロータス殿下の懐《ふところ》である宮廷《きゅうてい》に、部外者の私が簡単に忍《しの》び込めるとお考えで？」

「ねえ？」と、エリーゼは私の肩越しにリリアとイザベラに笑いかけた。

後ろの二人、あるいはどちらかが手引きしたと暗に言っているのだろう。嫌疑《けんぎ》をかけられたイザベラが泣きそうな声で「違います」と否定している。リリアは無言だが、息を呑《の》んだ気配が背中から感じ取れた。

私は二人には何も言わず、代わりにエリーゼの発言を一笑に付した。

「相変わらず性悪《しょうわる》な女ね。そうやってわざと人を疑わせるようなことを言って、仲違《なかたが》いさせる。

何年一緒に住んでいたと思っているの。あなたの手口なんて、嫌というほど知っているわよ」

エリーゼはきょとんとした後、ゆっくりと口の端《はし》を上げた。

「あらぁ。私、そんな酷いこと思ってもいないのに。お姉様ったら、ほんと捻《ひね》くれているんですから」

それに、と彼女は頬《ほお》に手を当て困ったように首を傾《かし》げる。

「私、嘘はついていませんよ？　お姉様にお会いしたかったことも、そのために宮廷の使用人にお力添《ちからぞ》えしてもらったことも。ぜーんぶ、残念ながら事実ですわ」

笑ってエリーゼは私から視線を外す。そして、彼女はおもむろに机に置いてあった——おそらく、先ほど私が床《ゆか》に落としたティーカップを持ち上げて逆さにし、わずかに残っていた中身を床に垂らした。

「それにしても、ここの侍女《じじょ》はまともにお茶の一つも淹《い》れられないのですか？　簡単な仕事一つこなせないなんて、随分《ずいぶん》な出来損《そこ》ないですこと」

ポタポタとオレンジ色の滴《しずく》が絨毯《じゅうたん》に落ちる。

イザベラが「今すぐご用意します」と悲鳴のような声で答えたので、私は彼女を呼び止めた。

「イザベラ。エリーゼをもてなさなくても大丈夫《だいじょうぶ》よ。もうお帰りになってもらうのだから」

「あらあら。お姉様ったら冷たいわ。もう少し私とお話をしましょう？」

「結構よ……あなたが出て行かないなら、私がここから立ち去るわ。衛兵に帰り道を教えてもらいなさい」

ここから出て行く気など毛頭もないエリーゼに背を向け、リリアとイザベラを連れて居室から出ようとする。

すると、背後から彼女の笑い声が聞こえてきた。

「ずるーい。そうやって、お姉様だけ幸せになるのですか？」

その言葉に思わず足を止めてしまった。

間延びした声から、エリーゼがふざけているのはわかっている。だけど、私は振《ふ》り返って言い返してしまった。

「別に、幸せになるつもりなんてないわ」

「そうですか？　私からすれば、お姉様はすごく幸せそうですよ？」

エリーゼは椅子《いす》から立ち上がって、私の近くまで寄ってくる。

「だって、今のお姉様は地位と名誉《めいよ》、そして輝《かがや》かしい未来までも保障されていますもの。妹として羨《うらや》ましい限りです。肝心《かんじん》のあなたは、不服そうですが」

私の顔を覗《のぞ》き込んでくる彼女に、顔を顰《しか》めた。

「まどろっこしい。なにが言いたいの」

「お姉様、公爵家に戻《もど》ってきませんか？」

突拍子《とっぴょうし》もない提案に、私はエリーゼの正気を疑った。

「私がそれに頷《うなず》くとでも思ったの？」

「まさか。ですが今日、私がここを訪《おとず》れたのはお姉様を説得するためですよ」

　エリーゼは私の手を摑《つか》み、目に涙《なみだ》を浮《う》かべる。

「ああ、お姉様。二年前、あなたに強く当たった日々を許してほしいなど口が裂《さ》けても言えません。ですが、お姉様がいなくなった日々は色褪《いろあ》せ、私の心にぽっかり穴が空いてしまったようです。そこで私は初めて、あなたが重要な存在だと気づいたのです。こんな憐《あわ》れな妹のために、公爵家に戻ってきてくれませんか？」

　エリーゼの寒々しい芝居《しばい》に鳥肌《とりはだ》が立つ。私の反応が微妙《びみょう》だったのか、彼女は唇《くちびる》を尖《とが》らせ、不満気に言った。

「あら、お姉様、ここは感動のあまり涙を流す場面では？　まあ、あなたに三文芝居の役者のようなことは求めていませんが」

　エリーゼの顔から表情が消える。彼女の真顔は、血が通っていないのではないかと錯覚《さっかく》するほど、冷たいものだった。

「本音を申し上げますと、お姉様が特別な存在だと最近ようやく実感しまして。演劇でたとえるのなら、あなたは即興劇《そっきょうげき》そのもの。次になにが起こるか、なにを起こすかわからない、目を離《はな》せない、愉快《ゆかい》な存在なのです」

「……だから、あなたを楽しませるためにわざわざ公爵家に戻れと？　ふざけないで」

私はエリーゼの手を払《はら》い、彼女を睨んだ。

「私があなたに従う道理はない。たとえ脅されても、公爵家には戻らないわ」

「お話は最後まで聞いてください、お姉様？　これは、私とお姉様、両方に得する提案なのですよ」

そう言って、彼女は私の肩《かた》を掴むと、物凄《ものすご》い力でエリーゼに向かって引っ張られる。

突然《とつぜん》のことにギョッと身体《からだ》を強張《こわば》らせたとき、彼女は私の耳元で囁《ささや》いてきた。

「ねえ、お姉様。あなた、前世の記憶《きおく》があるのでしょう？」

ひゅっと、息を呑んだ。

どうして、なんで、エリーゼがそのことを知っているの。

私の動揺《どうよう》が伝わったのか、エリーゼは私の肩を放し、口元に人差し指を当てる。

「うーん、どうして知っているかは言えません。私にも、人には言えない秘密がいくつもありますので」

私のことよりも、と、彼女は続けた。

「お姉様は、それはそれは辛《つら》い過去をお持ちのようで。よくまあ、あそこまで皇帝《こうてい》に身勝手に愛されて、為《い》政者《せいしゃ》たちに都合よく殺されたというのに、全く恨《うら》んでいないとはある意味凄《すご》いですわ。いえ、恨めない、と言った方が正しいのかしら？」

エリーゼは楽しそうに目を細める。彼女の瞳《ひとみ》に映る私は、酷《ひど》く怯《おび》えているようだった。

「だってお姉様、前世でいっぱい人を不幸にしてきましたものね。家族や友人はもちろん、関係のない他《ほか》の妃《きさき》や役人も。あの時代、お姉様さえいなければ、皇帝は悪政を布《し》かず、処刑《しょけい》された家族も長生きできたかもしれませんね？」

そんなの、言われなくたってわかっているわよ。

そう反論しようとするも、上手《うま》く言葉が出てこない。エリーゼを突《つ》き放そうとして、自分の手が震《ふる》えていることに気がついた。

「まさか、それだけ他人を不幸にしてきたお姉様が、幸せになろうなんて考えていませんよね？　ましてや、未来の王妃《おうひ》だなんて、前世のことを考えれば到底《とうてい》無理だと、お姉様が一番ご存じでしょう？」

だから、とエリーゼは私から離れて、くるりと背を向けた。

「さっさと殿下《でんか》との婚約《こんやく》を解消して、公爵家《こうしゃくけ》に戻ってきた方がお姉様のためにもなるのですよ。今世でも、誰《だれ》かを不幸にするのは嫌《いや》でしょう？」

エリーゼは早口で捲《まく》し立てたあと、何かに気がついたように扉《とびら》を見る。つられてそちらに顔を向ければ、いつの間にか扉が開いており、リリアがいなくなっていた。異母妹はその場に座り込んで震えているイザベラを一瞥《いちべつ》すると、「そろそろ時間ですね」と呟《つぶや》いた。

「全く。役立たずのせいでとんだ無駄足《むだあし》でした。まあ、お姉様に嫌がらせ《忠告》できたので良しとしましょう」

私が何も言えないでいると、異母妹は半身だけ振り返って言った。

「お姉様。今日の私の言葉をよく考えてくださいね？　公爵家はいつでもお姉様のお帰りを歓《かん》迎致《げいいた》しますよ」

異母妹が見惚《みと》れるほど美しい笑《え》みを浮かべたとき、突如《とつじょ》、彼女の頬に亀裂《きれつ》が入った。

甲高《かんだか》い音を立てながら、亀裂は彼女の全身に広がっていく。私が息を呑《の》んでいる間に、異母妹は笑みを浮かべたまま、まるでガラスの破片《はへん》のように割れた。

人の形を失った異母妹は、白い砂へと姿を変える。パラパラと床に積もっていくそれを呆然《ぼうぜん》と眺《なが》めていると、背後から聞き慣れた声が飛んできた。

「――アザレア！」

振り返れば、ロータス殿下が息を切らしながら私に駆《か》け寄ってきた。やや遅《おく》れて、リリアも切羽詰《せっぱつ》まった様子で部屋に入ってくる。呆《ほう》けている私に、彼はもう一度私の名を呼んだ。

「アザレア。大丈夫か、アザレア」

彼は心配そうに私の肩を揺《ゆ》さぶった。私は小さく頷き、目の前に積もった白い砂を指差した。

「エ、エリーゼが……突然、砂に」

私が途切《とぎ》れ途切れに言葉を口にすれば、殿下は首を横に振った。

彼は私から離れ、白い砂を摘《つま》む。そして、私に見せるように反対の手のひらに移し、一言二言呟いた。

すると、白い砂は小さな鳥を形成し、殿下の手のひらから飛び立つと彼の肩へと止まった。

「遠隔魔法《えんかくまほう》の一種だ。動物の骨を砕《くだ》いた粉を利用し、形を変え、術者の意思に添《そ》って動かす魔法。本体は最初から宮廷《きゅうてい》にいない……ここに忍《しの》び込んだ、もしくは誰かが手引きしたという事実は変わりないが」

苦々しい表情でロータス殿下は言った。

私は目の前で人が死ななかったことへの安堵《あんど》と、異母妹がまだ生きているという事実に複雑な気持ちを抱《いだ》いていると、殿下が「すまぬ」と謝ってきた。

「遅《おそ》くなった。余が不甲斐《ふがい》ないばかりに嫌な思いをさせた」

「い、いえ、大丈夫《だいじょうぶ》です。殿下……」

ロータス殿下のことだ。彼がすぐに駆けつけられなかったということは、何か事情があるのだろう。エリーゼが何か妨害《ぼうがい》を仕掛《しか》けた可能性もある。彼を責めるつもりなど毛頭ない。

だから、心配させないよう気丈《きじょう》な姿で振る舞《ま》おうとして、彼と目を合わせた。

だけど、太陽のような赤い瞳を見た瞬間《しゅんかん》、エリーゼの言葉が脳裏《のうり》をよぎった。

——他人を不幸にしてきたお姉様が、幸せになろうなんて考えていませんよね？

わかっている。そんなの、他でもない私が一番よくわかっている。

「……アザレア？」

一度顔を上げてうつむいた私に、殿下が怪訝《けげん》そうに声をかけてくる。私はうつむいたまま、彼に謝罪した。

「ロータス殿下。少し、一人にさせて貰《もら》ってもよろしいでしょうか」

殿下の顔を見られない。見てはいけないような気がした。

私は彼の返事すら聞かず、居室から出て行った。

「お主は本当に美しいな」

男らしい無骨な指が、私の髪《かみ》をすく。無機的でくぐもった声が私を褒《ほ》める。

真っ暗な空間で、私はベッドに腰掛《こしか》けていた。隣《となり》に座っていた声の主を見上げる。華美《かび》な衣《い》装《しょう》に身を包んだ男だ。だが、その顔はぼやけていて目鼻立ちはハッキリと認識《にんしき》できなかった。

「……お主は、美しければ良い」

その顔から表情は読み取れない。無機的な声は淡々《たんたん》と言葉を吐《は》くだけ。

「それ以外は何も望まぬ」

もはや顔すら思い出せなくなった前世の皇帝が消える。彼の代わりに、今度は後宮の妃らが現れた。

三人の女達は顔を扇子《せんす》で隠《かく》し、ちらちらと私を見て小声で話し始める。

「良いわねぇ。少し容姿が整っているだけで陛下にお目をかけていただけるなんて」

「ほんと、理不尽《りふじん》ですこと。美しければ、挨拶《あいさつ》一つまともにできない田舎娘《いなかむすめ》でも、陛下は全《すべ》てお許しになるのですから」

「尤《もっと》も、取り柄《え》は顔だけでそれ以外は……」

「ふふ、やめましょう？　可哀想《かわいそう》よ？」

「そうよ。陛下ですら容姿以外何も期待していないのですから、私達が望むのは酷《こく》というものですわ」

「それもそうね。愛玩《あいがん》動物みたいなものですから、顔が整っていれば十分ですもの。気楽で羨《うらや》ましいわ」

三人が笑いながら消えると、今度は体格の良い男が現れ、髪を無造作に引っ張られた。

「この悪女め！　お前さえいなければ、陛下は惑わされなかった！」

困惑《こんわく》していると、男は腰に下げていた剣《けん》を抜《ぬ》き、私の髪を切る。

引っ張られていた物が無くなり、私は勢い良く倒《たお》れた。ハラハラと切られた髪の毛が地面に落ちたかと思えば、次第《しだい》に赤黒い液体に変わり、血溜《だ》まりを作った。

「どうして。私が。私達が、死なないといけないの」

赤い水面に映るのは、前世の家族。首だけになった彼らは、私を光を失った瞳で責めていた。

「お前がもっと賢《かしこ》ければ。上手く立ち回ってくれれば、私達は死なずに済んだのに」

父が、母が、兄が、弟が、私を恨《うら》めしげに睨《にら》む。そして、五つ並んだそれらの真ん中、見知らぬ顔の首が、口を開いた。

「──いつまで惚《とぼ》けているの？」

違《ちが》う。

知らないはずがない。

苛立《いらだ》たし気に問いかけてくるその顔は、私は嫌というほど見たことがあった。

「私はもう、死んでいるのに」

そう自虐《じぎゃく》的に笑った彼女は、前世の私だった。


「──っ！」

私は飛び起きた。バクバクと心臓がうるさい中、慌《あわ》てて首が繋《つな》がっているか確かめる。手で喉《のど》を触《さわ》り、次いで顔を撫《な》でる。何度か首と顔をペタペタ触って、ようやく自分が生きているのだと、安堵のため息を吐《つ》いた。

嫌《いや》な夢を視《み》た。前世の夢だなんて、いつぶりだろうか。

寝室《しんしつ》に置かれている時計を見る。まだ真夜中だ。とはいえ、もう一度眠《ねむ》れる気分ではなかった。

「………」

汗《あせ》で濡《ぬ》れた背中が気持ち悪い。喉も渇《かわ》いた。

そして、何より風に当たりたかった。

私はベッドから降りると、寝巻《ねま》きから着替《きが》えて部屋を出た。

もうじき秋がくる。だが、夏の残暑は未《いま》だ残っており、頬《ほお》を撫でる風は熱を帯びていた。

頭を冷やすのに適していないそれに当たりながら、私は宮廷の庭を散歩していた。

「……はぁ」

思わずため息を吐く。

昨日、エリーゼが消えたあと、私は早々に寝室に籠《こも》った。心配してくる侍女《じじょ》すら部屋に入れず、私はベッドの中でずっと彼女の言葉を考えていたのだ。

幸せになるつもりなんてない。私には、そんな資格どこにも無いことがわかっている。

「……」

月が傾《かたむ》き始めた夜空を、なんとなく見上げた。

ロータス殿下《でんか》の婚約《こんやく》者となった日も、月に照らされた夜だった。

私は、彼の手を取ったことを後悔《こうかい》していない。ただ私は、過去の傷と向き合おうとした殿下に手を貸したかっただけだ。その気持ちは今でも変わっていない。

でもそれは、彼の婚約者でなくても成り立つ役目。殿下の従者となっても、同じように力を貸すことができる。

だから、ロータス殿下との婚約を解消しても、何も問題はないはずだ。

「……」

私は顔を伏《ふ》せ、再びふらふらと歩き始めた。

私達の婚約は、互《たが》いに恋愛《れんあい》感情から成るものではない。利害の一致《いっち》。所謂《いわゆる》、政略結婚の方が意味合い的に近いだろう。

私は人の上に立つ者の器《うつわ》ではない。私よりも王妃《おうひ》に相応《ふさわ》しいご令嬢《れいじょう》がいるはずだ。

だから、私がさっさとこの立場から退くことが一番殿下のためになる。

わかっているのに。

……どうして、先ほどから胸が痛いのだろうか。

「あれ？　アザレア様？」

背後から声をかけられ、足を止める。

振《ふ》り返れば、眠たげな顔をしたシュナがいた。手には鳥籠《とりかご》を持っており、その中には精霊《せいれい》達がすやすやと眠っている。

「こんな夜中にどうしたんですか？　夜更《よふ》かしはお肌《はだ》に悪いですよ」

欠伸《あくび》をしながら彼は軽口を叩《たた》く。私は曖昧《あいまい》な返事をしながら、シュナこそどうしたのかと尋《たず》ねた。

「僕ですか？　僕は残業と子守《こもり》ですよ。ほら、アザレア様が殿下と本館に向かったあとすぐ、爆発魔法《ばくはつまほう》騒《さわ》ぎがあったでしょう？　それの後始末をしていて――」

「え？　爆発魔法？」

私が聞き返すとシュナが首を傾《かし》げた。

「ええ、そうですけど。ほら、蒼《あお》の塔《とう》でサラマンダーが暴れて大変で……」

私が困惑している様子が伝わったのだろう。シュナは一度話すのを止《や》めると、少し考えた素振りをしてから口を開いた。

「アザレア様。このまま立ち話もなんですし、よろしければ朱《あか》の棟《とう》にいらしてください。そこで詳細《しょうさい》をお伝えします。お茶でも飲みながら、ゆっくり話しましょう」

彼の提案を断る理由など、私にはなかった。


灯石《あかりいし》で照らされている実験室は、夕方に訪《おとず》れたときよりも散らかっていた。床《ゆか》や机には魔道具が乱雑に転がっており、シュナはそれらを適当に端《はし》に寄せ、二人が向かい合って座れるだけの空間を確保した。

「いやー、申し訳ありません。散らかっているうえに、まさか茶葉まで切れていたとは……」

彼はそう言って木製のコップを私に渡《わた》してきた。中身は温めたミルクだった。

私はシュナに礼を述べてからコップに口をつける。温《ぬる》すぎず熱すぎないそれは、ほんのり甘い味がした。

「……美味《おい》しい」

「それは良かったです」

シュナはコップを片手に椅子《いす》を引くと、背もたれを前にして跨《また》がるように座った。

「さて、本題に入りましょうか。詳細なお話といっても、ほとんど仕事の報告みたいなものですが」

椅子の背の上部分に腕《うで》と顎《あご》を乗せて、シュナは話し始める。

「先ほどもお伝えした通り、アザレア様と殿下が研究所を出てしばらくしたあと、行方《ゆくえ》知れずだったサラマンダーが蒼の塔で暴れているとの報告を受けまして。兵士たちがサラマンダーを捕《つか》まえようとしたら、逆に揶揄《からか》われる結果となったのが事の発端《ほったん》らしいです。遊んでいると勘《かん》違《ちが》いしたサラマンダーは、こちらの制止も聞かず調子に乗って爆発魔法やら爆散魔法やら使って大変でしたよ」

シュナはミルクを飲みながら、ちらりと視線を横の机に移す。鳥籠の中の精霊達は相変わらずすやすやと眠っていた。

「他《ほか》の精霊達の力も借りたのですが、それでも周りに被害《ひがい》が及《およ》ばないようにするので精一杯《せいいっぱい》でした。騒ぎを聞きつけた殿下が駆《か》けつけてくださって、散々手こずった末、サラマンダーを捕まえることができましたが、蒼の塔は壊滅《かいめつ》状態。流石《さすが》に兵士達の仕事場を荒《あ》らしたままにはできないので、僕がそこの修復作業を請《う》け負って、殿下は本来の作業とアザレア様に報告へと本館に戻《もど》ったのですが――」

そこでシュナは言葉を切った。

おそらく、ロータス殿下が本館に戻ったときと、リリアが助けを呼びに居室から出たタイミングが合ったのだろう。

私が一人で勝手に納得《なっとく》していると、シュナはコップを鳥籠の横に置いた。

背もたれの上部分に肘《ひじ》を置き、頬杖《ほおづえ》をつくと、眠たげな目で言った。

「その後のことは、一応ロータス殿下から伺《うかが》っています。あんなことが起きたんですから、アザレア様が色々と心配するのもご理解できますが……どうやら、それだけではないようですね」

シュナは軽い口調で「ロータス殿下と喧嘩《けんか》でもしたんですか？」と尋ねてくる。

私は首を横に振って、視線をコップへと落とした。

「……違う。殿下は悪くないの。これは、私自身の問題だから」

「何かお悩《なや》み事でも？　僕で良ければ相談に乗りますよ？」

シュナの提案に、私は頷《うなず》くことを躊躇《ためら》った。

私が言葉を濁《にご》して返事をしないでいると、斜《なな》め横から少女のような声が飛んできた。

『あら、アザレア。隠《かく》しごとはダメよ。それは、不公平だわ』

視線を上げれば、シュナの横の机にフェアリーが座っていた。彼女は欠伸をしながらミルクを勝手に飲んでおり、側《そば》にある鳥籠の扉《とびら》がキィキィと揺《ゆ》れていた。

「フェアリー。起きたのか。できれば寝てて欲しいんだけど」

『あなたとアザレアの声がうるさくて起きちゃったわ。特にシュナ。もう少し静かにして。ごちゃごちゃさわがしいのよ、あなたの心』

彼女は恨《うら》めしげにシュナを睨《にら》んだ。どうやらフェアリーは睡眠《すいみん》中も私達の心を読めるらしい。

それを証明するかのように彼女は私の方に振り返って、私の名を呼んだ。

『あなたもよ、アザレア。ロータスのひみつをあなたは知っているのだから、今度はアザレアの番よ』

パタパタと小さな羽を動かして、フェアリーは机から私の肩《かた》へと移動する。

『それで、アザレアはどうしてロータスと婚約を解消したがっているの？』

私の肩に腰掛《こしか》けて、フェアリーはケタケタと笑った。

彼女のふざけている態度に、私はムッとする。フェアリーには関係ないじゃない、と不満を口に出さないでいると、森の精霊は『関係あるわ』と頬《ほお》を膨《ふく》らませた。

『アザレア、あなた、お菓子《かし》持ってきてくれなかったじゃない。だから、これは約束を破った罰《ばつ》。シュナに教えちゃうもんねー』

フェアリーがシュナに笑いかける。話題を振られた本人は、彼女の言葉を聞いてやや驚《おどろ》いた顔を見せたあと、頬を掻《か》きながら申し訳なさそうに口を開いた。

「……あのー、アザレア様。話が見えてこないので、できれば経緯《けいい》を教えていただきたいのですが……」

彼の質問に、私の代わりにフェアリーが笑って答えた。

『乙女心《おとめごころ》がわからない人間ね。話せたなら最初から話してるわ』

「それ秘密をバラした本人が言っちゃうの……ああ、いや、わかりました。何となく想像はできるので、あくまでも仮定としてお尋ねします」

シュナはわざとらしく咳払《せきばら》いをすると、ピシッと人差し指を立てた。

「アザレア様は、ロータス殿下《でんか》がお嫌《きら》いになったと」

「そんなわけないでしょ怒《おこ》るわよ」

「理不尽《りふじん》ですアザレア様」

私が即答《そくとう》すると、シュナは肩を竦《すく》め苦笑いを浮《う》かべる。

「では、王太子妃《ひ》――ひいては、王妃になる自信がなくなったとか？」

「……」

今度は答えなかった。私の無言を彼は肯定《こうてい》と受け取ったようだ。シュナは私を安心させるように微笑《ほほえ》んだ。

「アザレア様が努力していることは、皆《みな》が知っています。そして、そんなあなたが立派な女性だということも。それでも不安があるのなら、どうか仰《おっしゃ》ってください。微力《びりょく》ながら、力になります」

シュナの励《はげ》ましの言葉に、私は居心地《いごこち》の悪さを覚えた。

私は彼に励まされるほど立派な女じゃない。いつだって自分のためだけに行動していて、今回だって、身勝手な理由で迷っている。

ロータス殿下のためを思うなら、私は早くこの立場からいなくなった方が良いとわかっているのに。

『あら、自覚していないの？』

突然《とつぜん》、フェアリーがクスクスと笑い始めた。私の心を読んだのだろう。愉快《ゆかい》だと言わんばかりに私の周りをぐるぐると飛びながら、彼女は言うのだ。

『難儀《なんぎ》ね、アザレアは。あなたがそういう星の下《もと》に生まれてきたとはいえ、少しかわいそう。だから、特別に教えたげる』

フェアリーは飛び回るのを止《や》めると、シュナの頭の上に着地した。あぐらをかいて、彼女は悪戯《いたずら》っ子のような笑顔《えがお》で言った。

『アザレアはね、ロータスのことが好きなのよ』

「は……？」

私が思わず声を漏《も》らすと、フェアリーは『やっぱり』と呆《あき》れながら笑って、シュナの髪《かみ》を弄《いじ》り始めた。

『どうしてロータスの側《そば》を離《はな》れないのかですって？　そんなの単純よ。アザレアがロータスのことを好きだから、他の女性を彼の隣《となり》に置きたくないのよ』

「ちょっと待ってください。アザレア様、自覚していなかったんですか。嘘《うそ》でしょ。あんなにわかりやすかったのに？」

フェアリーにされるがままのシュナが口を挟《はさ》む。彼の癖《くせ》のある黒髪《くろかみ》を三つ編みにしながら、フェアリーは肯定するように微笑んだ。

『そうそう。ただ、アザレアの場合、そう考えてしまうのも仕方がないんだけどね』

彼女はシュナの髪を編む手を止めないまま、あっさりと言った。

『アザレア。あなた、過去に囚《とら》われたまま死ぬつもり？』

フェアリーの発言が胸に刺《さ》さる。心臓を鷲掴《わしづか》みにされた気分だった。

過去に囚われたまま死ぬ。暗に、私の前世のことを指しているのだろうか。心を読める精霊《せいれい》だ。私の秘密を知っていてもおかしくない。

私が無言なのも構わず、フェアリーは喋《しゃべ》り続けた。

『自分は大罪を犯《おか》した。大切な人を不幸にした。だから、幸せになってはいけない。人並みの幸福を望んではいけない。それだけ深い傷を心に負ったのでしょうけど、あなたのその考え、すごく息苦しそうね』

彼女はシュナの三つ編みを綺麗《きれい》に作り終え、満足気な顔をする。

『私からすれば、もっと気楽に生きても良《い》いと思うけど……アザレアは、そうやって割り切れない。なら、私がこれ以上言っても仕方がないわ。あなたの問題だもの。答えは、アザレアが見つけるしかないわ』

それだけ言うと、フェアリーは再びシュナの髪の毛を弄り始めた。彼女は二本目の三つ編みを作る作業に夢中で、私のことなどもう興味無さそうだ。

私は何も言えなかった。フェアリーの指摘《してき》が、私の現状をぴったり言い当てたからだ。

私は、前世のことをずっと引きずっている。今と昔は違うと頭で理解していても、心のどこかで、自分は許されない存在だと感じている。

息苦しい。知っている。でも、これから解放される術《すべ》を私は知らない。

そんな自分のことだけで手一杯《ていっぱい》の私が、殿下の側にいても傍迷惑《はためいわく》なだけだ。

「……答えは、もう決まったわ」

思いのほか、低い声が出た。

「私、やっぱり、ロータス殿下との婚約《こんやく》を解消する」

「え⁉」

目の前のシュナが驚いて大声を出す。彼が焦《あせ》るなんて珍《めずら》しい。私は思わず笑みがこぼれた。

「いやいやいや、待ってくださいよ。アザレア様。どうしてそうなるんですか⁉」

「どうもこうも、フェアリーの言う通り、私は過去をずっと引きずっているの。そんな私が婚約者だなんて、殿下が可哀想《かわいそう》だわ」

一度本心を口にしてしまうと、次から次へと後ろ向きな言葉が出てきた。

「そもそも、私、本当に殿下のことが好きかわからないし。勝手に自分と重ねていただけかもしれないし。もしかしたら殿下の手助けとなることで自分を救えるかと錯覚《さっかく》していただけかもしれないし、だいたい好きとか恋《こい》とかよくわかってないし——」

「はい！　待って！　アザレア様、一回止まって！　深呼吸しましょう！　深呼吸！」

シュナはいくつもの三つ編みを揺《ゆ》らして勢いよく立ち上がった。彼の頭に乗っていたフェアリーが楽しげな悲鳴をあげて、落っこちていく。

彼の指示通り深呼吸すると、少しだけ落ち着いた。流石《さすが》に身勝手すぎたと反省し、シュナに謝罪する。

「ごめんなさい。少し、冷静さを欠いていたわ」

「ああ、良かった。そうですよね、婚約解消なんてアザレア様の本心ではありませんよね？」

「……」

「どうして無言なのですか。ねえ、アザレア様」

私が顔を横に逸《そ》らすと、シュナは焦った様子で問い詰《つ》めてくる。

「アザレア様の過去に何があったのか僕は知りませんが、結論を急ぎ過ぎていませんか？　少なくとも僕から見て、アザレア様と一緒《いっしょ》にいる殿下が可哀想だとは思いませんでしたよ」

「ロータス殿下なら誰《だれ》とだって仲良くなれるわ。私の代わりなんていくらでもいるだろうし」

「何を言っているのですか。王太子に飛び蹴《げ》りをくらわせるご令嬢《れいじょう》などアザレア様の他《ほか》にいませんよ」

「……」

よりによってそこを例に出すの。それ、私の今世の中でも一、二位を争うやらかしなんだけど。

私が微妙《びみょう》な心境になっていると、シュナは深呼吸をして冷静さを取り戻《もど》していた。

「アザレア様。とりあえず、あなたが過去を引きずっているということだけは理解できます。ですが、それが婚約解消に繋《つな》がるのはなぜですか？」

「なぜって……さっき言った通りよ」

私は椅子《いす》の上で膝《ひざ》を抱《かか》えて座り直す。

「私は自分のことで手一杯な上に、フェアリーはああ言っていたけど、本当に殿下のことが好きなのかすらわからない。これが恋かどうかすら、判断できてないもの」

私は膝に顔を埋《う》めて、喋り続けた。

「ロータス殿下と一緒にいることは楽しいし、夕方の指輪の話だって嬉《うれ》しかったわ。でも、本当に好きな相手なら、相手に尽《つ》くせるものでしょう？　フェアリーが言っていた通り、私は殿下のそばに他の女性がいて欲しくない。私より彼に相応《ふさわ》しい人はいっぱいいるのに、私の身勝手な気持ちのせいで殿下が損をしている。こんな邪《よこしま》な気持ちが本当に恋なのか、私にはわからない。だから、私が婚約者でいると殿下には迷惑だろうから、婚約を解消した方が、彼のためになるのかなって、思って……」

シュナは困惑《こんわく》した様子で首を傾《かし》げた。

「な、なるほど……？　いや、やっぱり納得《なっとく》できませんよ」

彼はハッとして首を振《ふ》った。

「一般《いっぱん》論として、アザレア様のそれは恋だと思いますけどね？　嫉妬《しっと》とか独占欲《どくせんよく》って、恋愛《れんあい》を自覚するのに有名な感情ではありませんか。それをどうして否定するのですか？」

「それは……」

私が言い淀《よど》んでいると、さらにシュナは問いかけてくる。

「第一、なぜそこまで頑《かたく》なにロータス殿下《でんか》に相応しくないと考えるのですか。昨今開発されたスライム接着剤《せっちゃくざい》より剝《は》がれにくそうな頑固《がんこ》さではありませんか」

なにその微妙にわかりづらい物のたとえは。

だけど、シュナの疑問も尤《もっと》もだ。前世のことをどうやって説明すれば良いのだろうかと考えていると、フェアリーが口を挟んできた。

『さっきも言ったでしょ。アザレアは過去を割り切れていない。いくらシュナが言葉を重ねても彼女が納得しないのだから、無駄《むだ》な努力よ。せっかく自由の身なのだから、好きに生きれば良いのに』

フェアリーは机の上でコップに口を付けながら、冷たく言い放つ。彼女に呆れられても仕方がない。きっと、死ぬまで私は前世のことを考えるし、私は私を許さないだろう。

だから、彼女の態度が正解だ。いくら私に言葉を重ねても響《ひび》かないのだから、さっさと見捨てるのが正しい。

結果は最初からわかりきっていることだった。これ以上、私の身勝手な罪悪感にシュナを付き合わせては悪い。そう思って顔を上げたら、シュナは何やら考え事をしていた。そして、おもむろに席を立つと、引き出しからノートとペンを取り出して私に差し出してきた。

「な、何これ……？」

「記録帳です」

私はそれを受け取って、理由を尋《たず》ねた。

「どうしていきなりこれを？」

「え、だって、アザレア様はご自身が見つけた答えしか納得しないのでしょう？」

シュナはなんともなしに言った。

「なら、見つけましょうよ。アザレア様が納得する答えを」

「——見つける？」

予想外の言葉に、私は瞬《まばた》きをした。

「はい。アザレア様が頑固なことはよくわかりました。過去に執着《しゅうちゃく》していて、それが原因で自《じ》虐《ぎゃく》的なことも。ですが、今、あなたは殿下と婚約解消することに納得していますか？」

私は受け取った記録帳を強く握《にぎ》った。

「……納得しているわ」

「そんなに悲しそうな顔をしているのに？」

私は思わず頬《ほお》を触《さわ》った。そんなに、顔に出ていただろうか。

私の動揺《どうよう》が伝わったのか、シュナは申し訳なさそうに手を合わせる。

「すみません。カマをかけました」

「……」

「まあ、これで、アザレア様はご自身で出した結論に不服だということがわかりました。なら、もう一度、探してみませんか？　今だけ前を向いて、今のあなたがどうしたいのか、ハッキリさせましょう？」

私はこっそり唇《くちびる》を噛《か》んだ。

随分《ずいぶん》と簡単に言ってくれる。それがどれだけ難しいか知らないくせに。

「難しいことは重々承知です。でも、大丈夫《だいじょうぶ》ですよ」

私の心を見透《みす》かしたように、シュナは言った。

「アザレア様ならきっと見つけられます。前を向くことと、過去を否定することは違《ちが》うと、気がつくはずです。この大天才が保証するのですから、間違いありません！」

私はシュナの言葉に目を見開いたあと、思わず笑《え》みをこぼした。

前を向くことと、過去を否定することは違う、か。

彼に言われた言葉を、心の中で繰《く》り返す。

前世を割り切ることはできない。忘れることもできない。ずっと背負っていくものだ。

でも、背負いながら前を向くこともできる。少なくとも、今だけは。

先ほどより少しだけ晴れやかな気持ちになって、私は記録帳を開き、ペンを握った。

「じゃあ、その大天才にご教示願おうかしら。私はまず、何の記録をつければ良いの？」

肩《かた》の力を抜《ぬ》いて、私は笑った。フェアリーが驚《おどろ》いてこちらを見ている。

シュナは満足そうに頷《うなず》いて、すっかり冷めただろうミルクを一口飲んだ。

「ではまずは、アザレア様の恋《こい》を見つけてきてください。アザレア様なりの結論が出たら、僕に教えてくださいよ？　今度はちゃんと、茶葉を用意しておきますから」

なら私は、紅茶に合うお菓子《かし》を持ってこよう。

私も残ったミルクを口に含《ふく》む。予想通り冷めてしまっていたが、その味は変わらずほんのり甘かった。

私の心が少しだけ変わったように、いつもの日常にも変化があった。

まず、エリーゼが無断で宮廷《きゅうてい》に侵入《しんにゅう》したことだが……腹立たしいことに、彼女には何の処罰《しょばつ》も下されていない。というより、証拠《しょうこ》不十分で罰することができなかった。

理由は簡単だ。遠隔魔《えんかくま》法《ほう》を発動させた術者が、エリーゼではないと判明したからだ。

ロータス殿下曰《いわ》く、どんな簡単な魔法でも完全に術者の魔力の痕跡《こんせき》を消すのは困難らしい。それを利用し、魔力の残滓《ざんし》を検出して位相の数値を算出したあと、異母妹の数値と照らし合わせた。結果、不一致《ふいっち》だったのだ。

魔力の位相は生まれ持っての固有の数値のため、原則、魔法犯罪では信憑性《しんぴょうせい》の高い証拠とされている。だが裏を返せば、それに当てはまらなければ立証の難易度は跳《は》ね上がってしまうのだ。特に、今回のように術者の意思によって傀儡《かいらい》の姿を変えられる魔法は、成りすましの犯罪が可能なため、おいそれと検挙することができない。

例外として、殿下のように魔力の位相を弄《いじ》れるなら話は別だが——そんな規格外な人間が何人もいるとは考え難《がた》いことだ。あの日、エリーゼが地方の貴族を訪ねていた裏付けが取れたこともあり、結果として、彼女は容疑者から外れたのだった。

代わりに疑いの目が向けられたのは、私の周りの使用人達だ。彼らも検出された魔力とは一致しなかったが、それでも怪《あや》しいことには変わりない。表向きには宮廷で働くことを続けてもらうが、裏では身元を洗い直したり、異動などによって人の入れ替《か》えを行っている。

その中でも特に疑われていたイザベラとリリアは私の侍女《じじょ》から外され、暇《いとま》を出された。状《じょう》況《きょう》だけを考えれば二人が一番怪しいのは理解できる。だけど、私に何の相談もなく、エリーゼの襲撃《しゅうげき》翌日には彼女らが実家に帰されたことは納得《なっとく》できなかった。何の権限も持たない私が抗《こう》議《ぎ》したところでたかが知れているが、それでも思うところはある。結局、彼女らの身の潔白が晴れるまでの間は、仕事を休んでもらうということになってしまったが。

私のせいで、二人に迷惑をかけてしまった。そのことでまた落ち込みそうになるが、今は前を向くと決めたのだ。私はできるだけ二人の無実となる証拠や証言を集めておくことにした。とはいえ、これ以上の要望はどうあがいても通りそうもない。私はこの件は一旦《いったん》ここで引き下がり、今は王家に長いこと仕えている侍女にお世話してもらっている。ご年配の方でとても優《やさ》しくて穏《おだ》やかな人だ。年の功か良く気が利《き》いていて、おかげさまでここ半月は不自由のない生活を送っていた。

あの夜、今だけは前を向くと決めて、半月が経《た》ったのだ。

水面が揺《ゆ》らげば映る景色も歪《ゆが》む。誰《だれ》かが言っていたその言葉通り、私の心持ちが変わったからか、今まで気にも留めなかった些細《ささい》な出来事を気にするようになった。

具体的な例を挙げるなら、ロータス殿下と目を合わせるのを恥《は》ずかしく思ったり、手を繋《つな》ぐなどの接触《せっしょく》に戸惑《とまど》ったり。特にそれらは、殿下と二人きりになると顕著《けんちょ》だった。だからか、早朝の体育や授業の合間の休憩《きゅうけい》など、一緒《いっしょ》に過ごしていた時間をなんやかんや理由をつけて断るようになった。そのせいか、ここ半月は殿下と長くいた記憶《きおく》はない。

というのも、恋とは何なのか未《いま》だに答えを得ていない私は、まずこの奇妙《きみょう》な感覚を観察することに決めたからだ。

これはシュナの助言の一つだった。大天才曰く、何事も資料集めからだとのこと。そのためには、解明したい現象を観察したり実験したりすることが大事だと言っていた。

私の場合、過去に囚《とら》われて自分の気持ちを客観視できていないとのこと。そのため、まずは自分の行動を観察し記録を残した方が良いと言われた。最初はあんまり深く考えないで感情のまま動いてみてください、とも指示された。

だからこうして半月の間、殿下《でんか》といると緊張《きんちょう》するけど楽しかったり、でもやっぱり恥ずかしいのでちょっと距離《きょり》を置いたりといった行動を繰り返していた。

そして、気がつく。

私、はたから見てロータス殿下のこと避《さ》けてない？　と。

そのことを踏《ふ》まえて、考える。

これ、殿下に誤解されかねない行動ではないか？　と。

気づいたときにはもう遅《おそ》い。

案の定、私は殿下に詰《つ》め寄られた。

「アザレア」

夕方。一日の王妃《おうひ》教育が終わり、クウロの体を洗いに向かっている道中だった。

必要な道具を持って彼女の寝床《ねどこ》がある翠《みどり》の棟《とう》へ歩いていたら、進行方向に殿下が待ち構えていたのだ。

近道として人気《ひとけ》のない建物の間を通っていたことが裏目に出た。気まずい私は彼に挨拶《あいさつ》だけして、道の真ん中に立っている殿下を避《よ》けて壁際《かべぎわ》を通り抜けようとした。それこそが彼の狙《ねら》いだったのだろう。殿下は勢いよく壁《かべ》に手をついて、私の進行方向を塞《ふさ》いだ。そして、私が踵《きびす》を返すよりも彼のもう片方の腕《うで》が退路を塞ぐ方が早かった。

包囲された私は、壁を背に見上げる形で殿下と向き合う。

「なぜ余を避ける」

少し掠《かす》れた低い声が、端的《たんてき》に疑問を告げた。それに冗談《じょうだん》の気配は一切《いっさい》なく、普段《ふだん》よりも一層真剣《しんけん》な顔で尋《たず》ねてくるものだから、私は狼狽《うろたえ》てしまった。

「さ、避けるなど、そんなこと……」

目を泳がす私とは対照的に、赤い瞳《ひとみ》は私を真っ直《す》ぐに見据《みす》えてくる。

殿下の視線に耐《た》えきれず、私は顔が赤くなる前にうつむき、小声で言い訳した。

「ちょ、ちょっと考え事がありまして……だから、これは別に避けてるとかそういうわけでは……」

「……？　何と言った？　声が小さくて聞こえぬ」

私の声が聞き取れなかった殿下が、ぐいっと顔を近づけてくる。

先ほどよりも互《たが》いの距離が縮み、心臓が跳ねた。

意外と筋肉でしっかりしている身体《からだ》とか、声変わりした低い声とか、ほのかに薬品の匂《にお》いがするとか。普段は意識していない部分の存在感が増し、それに気づいた瞬間《しゅんかん》、顔に熱が集中する。鼓動《こどう》がどんどん速くなっていき、もはや胸が痛いくらいだ。

前まではこれくらいの距離何ともなかったというのに。今の私には少々刺激《しげき》が強すぎる。

「で、殿下、近い、近いです」

「む……」

私はうつむいたまま彼の胸を手で押し返し、距離を離《はな》そうとした。すると、彼は不服げな声を出し、そのまま私の腕を取ってしまった。

「ならば面《おもて》をあげよ。余はここ最近、其方《そなた》の顔をまともに見ていないぞ。言いたいことがあるのなら、まずちゃんと余と目を合わせろ」

それができたら苦労していない。

今までは殿下のことを「可愛《かわい》い」とは思っても、こんな心臓が破裂《はれつ》しそうなほどドキドキすることなんてなかったのに。

今までなら、こんなことで手を取られても、動揺《どうよう》なんかしなかったのに。

「……っ」

手首越《ご》しに伝わる彼の手は、皮が固くて少し乾燥《かんそう》していて、体温は冷たくて、過去に何度も繋いできたそれと変わっていない。

だけど、今日はどうしてか、初めて触《ふ》れたかのように、私は驚いて顔を上げてしまった。

殿下と目が合う。私を見て、彼はパチリと瞬《まばた》きをした。

おそらく、私は今酷《ひど》い状態だろう。自覚するほど顔は熱いし、表情は取り繕《つくろ》っていないし、もしかしたら額に汗《あせ》が浮《う》かんでいるかもしれない。

だと言うのに、殿下は目を丸くして私をまじまじと見てくる。私が気まずくなって目を逸《そ》らすと、彼の手が私の額へと伸《の》ばされた。

「……殿下？」

私の前髪《まえがみ》をかき分け、手のひらをおでこに乗せてきた殿下を見上げる。

彼は微《かす》かに眉根《まゆね》を寄せ、形の良い唇《くちびる》をゆっくりと動かす。

「アザレア」

「はい？」

私が首を傾《かし》げると、殿下は難しげに言った。

「……熱でもあるのか？」

その言葉に私は一瞬硬直《こうちょく》したあと、段々と怒《いか》りが喉《のど》を駆《か》け上がっていき、感情のまま叫《さけ》んだ。

「ロータス殿下の馬鹿《ばか》！　大嫌《だいきら》い!!」

「だ……!?」

絶句する殿下のことを思いっきり突《つ》き飛ばして、私はその場から逃《に》げ出した。後ろで彼が私の名を呼んでいたが、無視してクウロの小屋まで一直線に走って行った。


「殿下の馬鹿。どうしてあそこで熱があるかなんて突拍子《とっぴょうし》もないことを考えつくのよ」

「ギャア」

クウロの小屋にて、私は彼女の体を洗っていた。鱗《うろこ》を一つ一つブラシで洗うように手を動かしながら、私は先ほどのことにぶつぶつと文句を言っていた。

「そりゃあ私が悪いかもしれないけど、でも、少しは殿下だって色々と察してくれたっていいじゃない」

「……ギャア」

「そもそも殿下があんなに距離を詰めてくるのが悪いのよ。ちょっとはさ、私の心を汲《く》んでくれたって――」

「――ギャア！　ギャア！」

「痛い!?　なに!?　急にどうしたのよクウロ！」

バシバシと尻尾《しっぽ》で背中を叩《たた》かれたので、私は一旦《いったん》洗うのを中断した。ブラシを持ったまま、腰《こし》に手を当てクウロに不機嫌《ふきげん》な理由を尋ねる。

「ちゃんと綺麗《きれい》に洗ってるじゃない。何か文句あるの？」

寝床として整備された土の上で横になっている彼女は、ギャアともう一度鳴くと、首を曲げて私を睨《にら》んできた。

そして、顎《あご》で自分の胴体《どうたい》を示してくる。私が先ほど洗っていた箇所《かしょ》だ。よく目を凝《こ》らせば、鱗と鱗の間の皮膚《ひふ》に引っかき傷があった。

「やだ、怪我《けが》してるじゃない。どうしたのよこれ」

「ギャア、ギャア」

私の疑問に答えるかのように、クウロはつり目を作ると口から炎《ほのお》を吐《は》き出した。突然《とつぜん》サラマンダーの顔真似《まね》をしてきた彼女を見て、「そういえば昼間、精霊《せいれい》達と遊んでいたんだっけ」と、私はシュナが疲《つか》れていた姿を思い出した。

「じゃあ、昼間遊んでいるときにできたの、これ」

「ギャア」

「そして、傷口に水が染《し》みると」

「ギャア、ギャア」

私がブラシをクウロに見せると、彼女は尻尾で地面を叩き、肯定《こうてい》の意を示した。

「そう。じゃあ、掃除が終わったら傷薬を塗《ぬ》ってあげる。先に体全体を洗っちゃいましょうか」

「ギャ!?」

私がにっこりと笑って洗うのを再開し始めると、クウロは驚《おどろ》いたように鳴き声を上げた。

「なによ。いつもはさっさと済ませなかったら怒《おこ》るじゃない。大丈夫《だいじょうぶ》よ、いつも通り、ちゃんと鱗の間まで洗ってあげるから」

私の言葉に、クウロは狼狽ている。ふふふ、予想通りだ。おそらく、ここ以外にもかすり傷や引っ掻《か》き傷があるのだろう。いつものいびってくる仕返しだ。

私が黒い笑《え》みを浮かべて鱗にブラシを当てた途端《とたん》、身体が後方へと引っ張られた。

「え、な、なに!?」

可能な限り首を回して後ろを見れば、クウロが私の襟首《えりくび》を口で咥《くわ》えていた。彼女は混乱する私をそのまま小屋の外まで引きずると、にっこり笑って、勢いよく空へ放《ほう》り投げた。

「きゃああああああ!!」

いや、嘘《うそ》、あり得ない！　ちょっと普段の仕返ししたぐらいで、ここまでする!?

私は悲鳴を上げながら、放物線を描《えが》いて空から落ちていった。ぐるぐると回る視界の中、何とか体勢を立て直し着地に備えようとするも、ちょうど落下地点で人が言い争っており、私は顔を青ざめさせて叫んだ。

「避《よ》けてー!!」

「えっ？」

私の必死の訴《うった》えに、言い争っていたうちの片方がこちらを見上げる。

あ、無理だ。間に合わない。

そう考え、私は衝撃《しょうげき》に備えて歯を食いしばり目を瞑《つぶ》った。

私はどこかで見たことがある男性に内心で謝りながら、彼を下敷《したじ》きにして着地を成功させたのであった。

「先ほどは誠《まこと》に申し訳ありませんでした。この非礼は、後日、改めてお詫《わ》びを」

私はベッドの上の男性に深々と頭を下げていた。

私に下敷きにされたあと、彼は気絶してしまったのだ。まさかそのまま放置するわけにはいかず、彼と言い争いをしていた衛兵に頼《たの》んで近くの医務室へと運んでもらい、医師に診《み》てもらっていた。「気絶しているだけで他《ほか》に怪我はない」と診察《しんさつ》が終わったときに、男性が目を覚ましたのだ。

念のためもう一度診断してもらい、異状がないことを確認《かくにん》する。

下敷きにした男性が無事だったことに安心していると、彼は困惑《こんわく》した様子で私のことを尋《たず》ねてきた。

「あの、申し訳ありませんが、あなたは……？」

「申し遅《おく》れました。私は、アザレア・エル・サベージと申します。この度《たび》は、大変な失礼を」

そういえば名乗っていなかったと気づいて、私はできるだけ威圧《いあつ》しないように丁寧《ていねい》に答えた。

すると、男性は私の名を復唱したあと、青い顔をしてベッドから飛び降りて、膝《ひざ》をついて頭を下げてきた。

「誠に勝手な願いとは存じています。ですが、あなたがあのアザレア様であられるのなら、どうか、どうか、私にお力をお貸しください」

そう言って、床《ゆか》に額をつける勢いで頭を下げる男性。突然のことに驚いて反応できないでいると、彼を運んでくれた衛兵が苦い顔で私にそっと耳打ちしてくる。

「アザレア様。この方は、オーデンス伯《はく》のご子息でございます」

「オーデンス伯って、確か……」

つい最近まで聞いたことのある家名に、私は足元の彼の名を尋ねた。

「私の名は、フラーテ・アル・オーデンス。オーデンス伯爵《はくしゃく》家長男であり、リリアの兄でございます」

どうか、とフラーテさんはリリアに似た顔を上げ、か細い声で言った。

「お力をお貸しください。リリアが、我が伯爵領に帰ってこないのです」

「リリアが行方《ゆくえ》不明だと？」

私はフラーテさんの用件を一人で処理できないものだと判断し、ロータス殿下《でんか》に相談した。

殿下はいつも通り朱《あか》の棟《とう》で何やら実験をしている最中《さなか》だった。最初、彼は私達の訪問に驚き、少し不機嫌そうに用件を尋ねてきた。

気まずいと思いつつも、リリアがオーデンス領に帰っていないことを伝えると、すぐさま実験を中断した。そして、自分の近くにあった椅子《いす》を引いて座ると、私とフラーテさんにも座るよう促《うなが》してくる。

前回と違《ちが》って魔道具《まどうぐ》が散乱していない床を進み、私は彼の正面に腰を下ろして詳細《しょうさい》を話した。

「どうやら、暇《いとま》を出した半月前から行方がわからないようです。王都からオーデンス領まで馬車で五日ほどの距離《きょり》。もうとうに伯爵領に着いていてもおかしくないのに、いつまで経《た》っても彼女は帰ってこない。フラーテ殿《どの》がそのことを伯爵から聞き、もしかしたら私なら何かを知っているかもしれない、と宮廷《きゅうてい》に訪ねてきたのです」

「確か、フラーテ殿は学生だったな。伯爵が領地の災害復興のため三ヶ月前から宮廷を離《はな》れているいま、オーデンス伯より其方《そなた》がこちらを訪ねてきた方が早いな……十中八九、門前払《もんぜんばら》いになるだろうが」

殿下は難しそうな顔で腕《うで》を組んだ。フラーテさんはバツが悪そうに茶色の瞳《ひとみ》を伏《ふ》せ、殿下の言葉通りであったことを無言で肯定する。

「しかし、リリア嬢《じょう》がご実家に帰っていないのですか……失礼ですが、フラーテ殿。事故の可能性や御者《ぎょしゃ》を捜《さが》すなどはしましたか？」

シュナがお茶を運びながら口を挟《はさ》んできた。彼は慣れた手つきで木製のコップを私たちに渡《わた》してくる。中身はこの前と同じ、温かいミルクだった。

「……もちろん、可能な限り手は尽《つ》くしました」

隣《となり》に座っているフラーテさんは、震《ふる》えた声で答える。

「道中で事故にあったのか調べるもそれらしき事件はなく、捜し当てた御者に尋ねても、十日前に屋敷《やしき》まで届けたとの一点張り。ですが、屋敷の者は馬車などここひと月は姿すら見ていないと証言しています。御者がリリアを誘拐《ゆうかい》した可能性も考えましたが、宮廷で雇《やと》われている彼がそんなことをする利点が思い浮《う》かばず……結局、私だけでは手詰《てづ》まりになり、恐《おそ》れながらこうしてアザレア様に助力を乞《こ》うたところ、ロータス殿下なら解決策があるかもしれないとお訪《たず》ねした所存です」

お願いします、とか細い声でフラーテさんは頭を下げた。彼の発言に補足するよう、私は殿下に自分なりの意見を述べる。

「殿下は魔法についてお詳《くわ》しいので、二年前のかの事件のときみたくリリアの魔力の位相を調べて、共鳴？　とやらをすれば、彼女の居場所を特定できるのではないかと思いまして……？」

話していくうちに尻《しり》すぼみになっていく。段々自分の知識に自信がなくなっていったのだ。

正直、私は魔法関連の知識が乏《とぼ》しい。魔法と魔術――この二つの違いもあやふやだ――を統《とう》括《かつ》した学問を魔導学と呼ぶとか、魔素を最小単位の物質とするとか、魔素は全《すべ》ての生物に宿っており区別のため人間の場合は魔力と呼ぶとか。あとは簡単な魔法の発動方法を知っているぐらいだ。

だから、魔導学を専攻《せんこう》している殿下にこうして尋ねるのは勇気を要した。背後でシュナが「さらりとえげつないこと要求している……」と呟《つぶや》いたのもあって、無知を晒《さら》していないかドキドキしていると、殿下は口元に手を当て眉《まゆ》を寄せる。

「できぬことではないが……うむ。しかし……」

彼の雰囲気《ふんいき》から、技術的な問題ではないのだと察する。では何が、と首を傾《かし》げたとき、シュナがわざとらしく咳払《せきばら》いをした。

「えーと、確認ですが、これってアザレア様のお願いということでよろしいですか？　不祥事《ふしょうじ》を起こしたかもしれない侍女《じじょ》の身内からの依頼《いらい》ではなく、アザレア様個人の我が儘《まま》ということで」

シュナはちらりと私を見る。私は彼の意図を汲《く》み、咄嗟《とっさ》に頷《うなず》いた。

「そ、そうですそうです。私の我が儘です！」

身分社会は建前と矜持《きょうじ》の世界だ。王太子であるロータス殿下が動くとなると、それ相応の理由が必要となる。

シュナが教えてくれたように、不祥事を起こした侍女の身内の依頼よりも、婚約《こんやく》者である私の我が儘とした方がまだ建前が得られるということだろう。代わりに私の評判が悪くなるかもだが、まあそれくらいはどうってことない。人命が優先だ。

横でフラーテさんが顔を上げる。シュナと私を交互《こうご》に見て、涙声《なみだごえ》で何かを呟いた。聞き取れないほど小さな声だったが、私は「大丈夫《だいじょうぶ》です」と彼に微笑《ほほえ》んだ。

「ロータス殿下。我が儘だとは存じています。ですが、リリアを見つけてください。どうか、お願いします」

再度、殿下に縋《すが》るように頼みこむ。ロータス殿下はしばしの沈黙《ちんもく》のあと、しかめっ面《つら》のまま

「わかった」と頷いた。

私とフラーテさんが弾《はじ》けるように顔を上げて、礼を述べる。だが依然《いぜん》殿下はぶすっと不機嫌《ふきげん》なままだった。

「で、殿下？　何かお気に障《さわ》ることでも……？」

「……別に」

私が恐る恐る尋ねても、殿下の返答はそっけない。怒《おこ》っている、というよりは拗《す》ねているような態度だった。

「それよりもリアのことだ。そう手間は取らぬが、早速《さっそく》取りかかった方が良かろう」

言うや否《いな》や椅子から立ち上がると、フラーテさんに手を出せと言った。フラーテさんが困惑しながら手を差し出すと、殿下は「少々血を貰《もら》うぞ」と言って、彼の人差し指を短剣《たんけん》で撫《な》でるように切る。たらりと垂れる赤い滴《しずく》は、小皿の上に落とされていった。

数滴《すうてき》ほど小皿へ取り出すと、殿下はシュナにフラーテさんの手当てと道具を持ってくるよう命じた。

「はーい。水晶《すいしょう》はこちらにありますよー」

シュナは小気味よく返事をし、両手で抱《かか》えるほど大きい水晶玉を運んできた。それを殿下がいる机に置いたあと、手際《てぎわ》よくフラーテさんの指を手当てする。

「シュナ。これが終わったら銀の粉塵《ふんじん》を足しておいてくれ。もう無くなりかけている」

「かしこまりました。あ、ついでに他《ほか》の調合薬も取ってきますよ。紅酸と炎竜溶液《えんりゅうようえき》と、あと他に無くなりかけているのありましたっけ？」

「蒼玉水《そうぎょくすい》も足りなかったはずだ。在庫確認《かくにん》も頼《たの》めるか？」

「やっておきます。そろそろ諸々《もろもろ》の備品の数を確認しないといけないですねー」

殿下は道具を使って瓶《びん》から数滴の液体を小皿の上に取り出し、シュナは手当てが終わると机の上に魔法陣《まほうじん》を描《えが》いている。

そんな二人の会話を聞いて、私は率直《そっちょく》に思った。

仲良いな。

私が入り込めない男子同士の関係に、羨《うらや》ましさと少しの疎外《そがい》感を覚える。私と殿下だとこんな風にやり取りできない。もう少し魔導学を理解できていたら違ったのだろうか。いやでももうあんな数式はみたくないな……でも良いな、などと思っていると、殿下の動きがピタリと止まった。

「……なんだ？　おかしいな……」

「殿下、どうかなさったのですか？」

「ああ、少し血の成分が……いや、やはり何でもない。この魔法には関係ないことだ」

　あとで調べよう、とロータス殿下は呟いて、作業を再開する。二人がテキパキと魔法の準備をする中、私とフラーテさんは居心地《いごこち》が悪く、いつ終わるかそわそわしていた。

一応、手伝えることはないかと途中《とちゅう》で二人に尋《たず》ねたが『ない』と即答《そくとう》されてしまった。予想していた結果だとはいえ、やっぱり少し落ち込む。そんな私に気を遣《つか》ったのか、フラーテさんが慌《あわ》てて励《はげ》ましてくる。

「ア、アザレア様。そう落ち込まないでください。魔導学はすごく難しい学問なので、素人《しろうと》が立ち入れないのは当然です。どちらかというと、私の方が迷惑《めいわく》な存在ですし……今年成人するのに……皆様《みなさま》より年上なのに……」

私を励ましていたはずが、何故《なぜ》かどんよりと暗い雰囲気を纏《まと》っていくフラーテさん。私が励ます前に、ぶつぶつと負の言葉を吐《は》き出していく。

「リリアはあの年でパミール家のご令嬢から王宮侍女の推薦《すいせん》を貰ったというのに、私は学園で冴《さ》えない成績ですし……妹が行方《ゆくえ》知れずになっても私一人では何の力にもなれませんでしたし……そもそも、二年前、殿下《でんか》の婚約者選びの時も気絶してリリアだけではなくアザレア様にもご迷惑をお掛《か》けしてしまって……本当、何とお詫《わ》びをすれば良いか」

「待って待って。フラーテ殿《どの》、土下座しないでください。椅子《いす》に座ってください」

何だかおかしな方向に行ってしまった。フラーテさんが床《ゆか》に正座したところで止めに入りながら、私は思った。

負の空気を壊《こわ》した方が良いな。先ほどの彼の発言から、話題を変えられそうな単語を探し出す。

「そういえば……リリアはパミール家、イザベラの推薦で侍女になったとお聞きしましたが、お二人は以前から交流があったのですか？　リリアもイザベラも、あまりそのことについては話さなかったので」

良し。それとなく話題を逸《そ》らせた。私が内心で拳《こぶし》を握《にぎ》っていると、フラーテさんはあっさりと答えた。

「――いえ、ありませんでした。パミール家とオーデンス家の交流は、かの伯爵《はくしゃく》家の次女であるイザベラ嬢が、我が家のリリアを王宮侍女に推薦したことがきっかけです」

暗い雰囲気から一転、フラーテさんは目を伏《ふ》せ、声を低くした。

「……え、でも」

「仰《おっしゃ》りたいことはわかります。交流がないのに、どうしてリリアを推薦したのだろうかと。かの家の真意を知るため、私とリリアは一度先方にお会いしましたが、特にこれといった理由はありませんでした……いま思い返すと、この時はっきり断っていれば、こんなことにならなかったのに」

彼は膝《ひざ》の上で、爪《つめ》が食い込むほど自分の手を握っていた。

「お恥《は》ずかしいことに、我が家は裕福《ゆうふく》ではありません。オーデンス家の土地は金が肥料代わりだ、と笑われるほど、我が家の領地は天災が多い。常に家計が火の車の中、王宮侍女の給金は魅力《みりょく》的なものでした。リリアは賢《かしこ》い妹ですから、そのような事情も理解した上で、パミール家の話を受けたのでしょう。私たちは、そんな彼女の厚意《こうい》に甘えたのです」

その結果がこれだと。フラーテさんはくしゃりと顔を歪《ゆが》ませる。

「情けない話です。目先の金に目が眩《くら》んで、怪《あや》しい話を鵜呑《うの》みにして、家族を失うくらいなら……最初から、苦しい道を選ぶべきだったんです。本当に大事なものを失うことと比べれば、茨《いばら》の道を歩むことくらい苦ではないのだから」

最後の言葉は、私ではなく彼自身に向けて言っているようだった。

私がフラーテさんに声をかける前に、殿下が彼の名を呼んだ。

「心外だな。余がリリアを助け出せないと思われていたとは」

苦笑《くしょう》する殿下に、フラーテさんはサッと顔を青くした。

「い、いえ、そんな滅相《めっそう》もない……」

「ほう。では、余が失敗しないと信じるか」

「それはもちろんで――」

「ならば後悔《こうかい》よりも、リリアを労《いた》わってやることを先に考えていろ。苦労をかけたのなら、尚《なお》更《さら》だ」

ロータス殿下は作業をする手を止めず、淡々《たんたん》と告げる。一見、冷淡のようだが、殿下の言葉は私のどんな励ましよりもフラーテさんに届いただろう。

彼は目を丸くしたあと、膝の上に置いてあった手を緩《ゆる》ませ、小さく頷《うなず》いた。

「……感謝いたします、ロータス殿下」

「礼は全《すべ》て終わってからで良い。それよりも、準備は終わったぞ」

殿下は水晶玉を持つと、先ほどシュナが描いていた魔法陣の上に置く。

私達にも見えるよう机の上に置かれた水晶は、透明《とうめい》なそれから赤く濁《にご》っていた。

「これからどうするのですか？」

「呪文《じゅもん》を唱えて、とりあえず王国全体に探索《たんさく》魔法をかける。血縁《けつえん》者の魔力を使用しているから、余の魔力よりも共鳴する精度は上がっているはずだ。カボス王国でめぼしい物が無い場合は、他国にも範囲《はんい》を広げ探索する」

王国全体に魔法を発動させる。その言葉にフラーテさんがピシリと固まった。

「え……何ですか、そのあり得ない規模は」

彼の驚《おどろ》きの声は、殿下に届かなかったのだろう。彼は水晶玉に手を添《そ》え、呪文を唱え始めた。

魔法陣が怪しく光り、その輝《かがや》きに呼応するように水晶は透明になっていき、徐々《じょじょ》に赤い文字列が浮《う》かんでくる。

殿下が魔法を発動させている間、これが具体的にどれくらい凄《すご》いのか理解していなかった私は、こっそりフラーテさんに尋ねる。

「普通《ふつう》はどれくらいの規模なのですか？」

「私も外部魔力は乏《とぼ》しいので詳《くわ》しいことは……ですが、探索魔法の類《たぐい》は街一つですら困難なレベルですよ、普通は」

「そうなんですか。まあ、ロータス殿下ですし」

私がそう納得《なっとく》していると、「僕でよければ解説しますよ？」とシュナが地図の写しを持って会話に入ってきた。

「今、殿下が発動しているのは、探索魔法の中では基本的なもの。血縁者の血から魔力の位相を読み取り、それに類似《るいじ》する魔力を共鳴させる方法です。ただ殿下の場合規模が規模ですから、魔力を国全体に届けさせるため、振動数《しんどうすう》を通常の数百倍にして伝わる速度を上げて波長を崩《くず》さないようアレンジしてて――」

「うん、シュナ殿。私にはさっぱりわからないからこれ以上の解説は不要よ」

私がシュナの親切心をバッサリ断ると、彼は物足りないと言いたげな顔をする。

「まだまだ序の口なのに。良いですよ。僕は大人しく地図に書き込んでいますー」

唇《くちびる》を尖《とが》らせ、彼は地図にペンを走らせた。水晶玉《すいしょうだま》に映し出された文字列を読んでいるのだろうか。地図にはいくつかの丸がどんどん付け加えられていく。

「……む？」

「……えぇ？」

魔法陣《まほうじん》が一際《ひときわ》大きく輝いたあと、水晶に浮かんだ文字列を読んで、殿下とシュナが揃《そろ》って声を上げた。二人は顔を見合わせ、すぐさま地図を確認する。

「……最後の反応はここで間違《まちが》いないよな？」

「そうですけど、ここって……あれじゃないですか」

二人が地図と睨《にら》めっこしているので、私とフラーテさんもそれを覗《のぞ》いてみる。

王国の簡単な地形を表した地図には、大小様々な丸が付けられていた。その中でも、ある領地の山には二重丸がされており、一目見てここにリリアがいる可能性が高いのだと理解できた。

「ロータス殿下、リリアは……ここにいるのですか？」

フラーテさんは震《ふる》えた指で、地図上の山を差した。殿下は、苦虫を噛《か》み潰《つぶ》したようにゆっくりと頷く。

「おそらく、リリアはその中にいる」

殿下の言葉に、私は口元を押さえた。

「そんな、だって、ここは……」

フラーテさんの顔は真っ青だった。

「死の山……オーデンス領でも悪名高い火山ではありませんか」


死の山。直球的な名前の活火山は、その昔に甚大《じんだい》な被害《ひがい》をもたらしたことで名付けられたものだった。

約百年前、オーデンス領がまだ呪《のろ》われた土地と呼ばれていなかった頃《ころ》のことだ。領地の外れにあるその火山が噴火《ふんか》し、多くの死者を出したらしい。火山灰が原因で農作物にも影響《えいきょう》を及《およ》ぼし、しばらくの間不作が続いたせいで餓死《がし》者も多かったとか。オーデンス領の災害が多くなったのも、この噴火がきっかけだと言われている。

　また、この火山から有害なガスが蔓延《まんえん》しているので、周囲は危険区域として国に封鎖《ふうさ》されていた。そのため、人はおろか動物ですら山の麓《ふもと》にも立ち入れず、植物もまともに生えてこない状態だった。

　そんな危険な山へと、私達は乗り込もうとしていた。

「寒い！　ロータス殿下《でんか》、まだ着きそうにありませんかねぇ!?」

「もう少しなんだから我慢《がまん》して、シュナ殿《どの》。それよりも、この子たちの面倒《めんどう》を……」

『あー！　ウンディーネがぼくのクッキー食べたぁ！　ひどい!!』

『ぼんやりしている方が悪いんだー。サラマンダーのまぬけー』

『……うるさい。ノーム、だまらせろ』

『えぇ～？　じぶんでやってよー、シルフ』

「あの、後で私が果物を取ってくるので、できれば魔法を使用するのはやめていただきたい……」

　日はとうに落ちている。秋の始まりの夜に、私達——私と殿下、シュナとフラーテさん、そして五匹《ひき》の精霊《せいれい》達——は、クウロに乗って件《くだん》の山の近くを飛行していた。

　暴れかけている精霊達を宥《なだ》めていると、バサバサと、クウロは怒《おこ》ったように翼《つばさ》を動かし、大きな鳴き声を上げる。「重い！」と訴《うった》えているようだった。

　クウロが不満に思うのも仕方がない。殿下を先頭に、私、シュナ、フラーテさんの順に彼女の背に乗っているのだ。精霊達は私とシュナの肩《かた》や膝に乗っている。鳥籠《とりかご》はこっそり彼らが付いてきたので持ってきていない。

二人乗りでさえギリギリだというのに、加えて成長期の子供三人と大人一人が乗り込めばさらに狭《せま》くなるのは当然だった。こうなることはわかっていたが、私と殿下に危険区域に入る許可が下りるとは思えなかったため、こっそり訪《おとず》れるしかなかったのだ。

散歩という名目でクウロを連れ出し、姿隠《かく》しの術で透明になったシュナとフラーテさんを彼女に乗せ、速攻《そっこう》でオーデンス領へ辿《たど》り着く。単純な作戦だが無事成功し、私達はこうして死の山にまで来られた。誤算は、姿隠しの術で精霊達が付いてきてしまったことぐらいか。

『あら、そう邪険《じゃけん》にしないで？　私達は役に立つわよ、アザレア』

心を読んだのか、私の肩に乗っているフェアリーが話しかけてきた。

私達に付いてきた精霊は、フェアリー、サラマンダー、ウンディーネと、風の精霊シルフ、地の精霊ノームだ。半月前、人間界に遊びに来てまだ精霊界に帰っていない五匹だった。

「そうは言っても、フェアリー。私達、今回は遊びにきたわけではないのよ？」

『わかっているわ。もとより、私達はこのために残っていたんだし。ねぇ、ロータス？』

フェアリーは私の肩から殿下の肩へと飛び移る。彼女の発言に疑問符《ぎもんふ》を浮かべていると、殿下が「降りるぞ」と振《ふ》り返って私達に伝える。

ほどなくして、クウロが降下する。立ち入り禁止を示す看板が立っている平地の前に彼女を着陸させ、私達は順番に地面へ降りていった。

「しかし、周りには有毒ガス、中はマグマ。この火山にリリア嬢《じょう》がいるとは俄《にわ》かには信じ難《がた》いですねぇ」

シュナがサラマンダーで暖を取りながら、火山を見上げる。私も岩肌《いわはだ》が剝《む》き出しになっているそれを一瞥《いちべつ》して、クウロを労《ねぎら》っている殿下へと声をかけた。

「ロータス殿下、リリアが火山の中にいると仰《おっしゃ》っていましたが、あれは結局どのような意味なのですか？」

まさか、言葉通りの意味ではないだろう。もし、そのままの意味だったらリリアの生存は絶望的だ。

だが、探索魔法は死者には反応しないことから、彼女がまだ生きている可能性は高い。というのも、魔力は本人が死亡すると他《ほか》の生物に吸収され、個々特有の波長は吸収したそれに形を変えるらしいからだ。

そのため、リリアは生きていると断言しても大丈夫《だいじょうぶ》だった。だが、問題は場所だ。有毒ガスが発生している火山の中にいて、彼女が無事なままだとは考えにくかった。

私の質問に殿下は考えるような素振りを見せたあと、フラーテさんを呼んだ。

「すまぬが、余はオーデンス領を訪れるのはこれが初めてだ」

「え、あ、それは、ありがたきことで……」

「うむ。だから、これに気づかなかったのは余の失態である。許せ」

困惑《こんわく》するフラーテさんに謝罪すると、殿下は山を見上げて言った。

「この山、精霊界と繋《つな》がっておる。おそらく、リリアはそちらにいるのだろう」


「奇跡《きせき》的に回路が無事だったから、精霊界と繋がっているか……」

私は手頃な場所に腰《こし》を下ろして、じゃれあっているサラマンダー達を眺《なが》めていた。

殿下とシュナはあーでもないこーでもないと言いながら、地面に魔法陣を描《えが》いている。私は彼らをちらりと見て、眠《ねむ》たげなフェアリーに話しかけた。

「ねえ、フェアリー。さっきの殿下たちの話って本当なの？」

『あら、ロータスを疑っているの？』

「違うわよ。ただ、そんな簡単に理解できる話ではなかったから……」

小人のノームに尻尾《しっぽ》を踏《ふ》まれたサラマンダーが私に泣きついてくる。私は彼を膝《ひざ》に乗せて宥めながら、殿下から聞いた話を思い出した。

精霊界と人間界はそれぞれ独立している。大昔は空間が繋がっていたが、今は完全に断絶していたはずだ。

だが、殿下が魔石《ませき》をいくつも消費してその経路を復元できたように、火山が噴火した際の魔力で回路が繋がったのかもしれないとのこと。殿下の見解では、オーデンス領の災害が多いのも精霊界の魔素が漏《も》れているのが理由だと話していた。

「そんな簡単に精霊界と繋がるのかしら。そもそも、精霊界と人間界の魔素ってそんなに違うの？」

『うーん。昔は精霊界《あっち》と人間界《こっち》の行き来は簡単だったし、そんなに魔力は必要なかったんだけどねー。今は人間一人程度の魔力では回路は開かないから、ロータスですら自前の魔力だけでは無理よ。ただ、火山の噴火となると莫大《ばくだい》な魔力が爆発《ばくはつ》するでしょうし、もともと精霊界の回路があったなら、あり得なくはないわ』

フェアリーはサラマンダーの尻尾の患部《かんぶ》を突《つ》っついて、彼をさらに泣かせた。私は彼女の首根っこを掴《つか》んで「ダメでしょ」と怒る。『てへ』と舌を出しながら、フェアリーは話を続けた。

『それに、精霊界の魔素と人間界の魔素なら前者の方が自然と相性《あいしょう》が良いわ。もともと、人間界の火や水といった自然は、精霊界の魔素が変化したものだもの。だから、百年以上も回路が繋がったままでいられたのよ。人の手が入らなかったのも幸いしてね』

だけど、とフェアリーは暗い顔をした。

『二つの世界が独立したことによって、それぞれの魔素が交わることはできなくなったようね。昔なら精霊界の魔素は人間界に縁をもたらしていたのに……今はこのあり様だもの。道理で、私達も弱くなっているはずだわ』

　彼女は悲しげに火山を見上げる。すると、横で座っていたシルフが新緑の瞳《ひとみ》を私に向けてきた。

『……たぶん、緑の代わりに、地震《じしん》や嵐《あらし》になってる』

「精霊界の魔素が？」

　私が確認《かくにん》すると、こくりとシルフは頷《うなず》いた。

『だから、回路を閉じれば、災《わざわ》い、すくなくなる』

「それは本当ですか⁉」

　果物を穫《と》りに行っていたフラーテさんが目を見開き、両手にルップアを抱《かか》えながらシルフに詰《つ》め寄る。

「どうか詳細《しょうさい》をお聞かせください！」

『わーい、ルップアだー』

「ああ、待って！　いくらでもあげるので詳《くわ》しい話を！」

　シルフは己《おのれ》を風の姿へと変化させ、フラーテさんから果物をひょいと奪《うば》い取る。もぐもぐと空中で食べながら、彼の訴えを無視した。ガックリと肩を落とすフラーテさんに、フェアリーがぽんぽんと肩を叩《たた》く。

『そんなに落ち込まないで、人間さん。私達はそのためについて来たのだから』

また意味深なことを言っている。私がどういうことなのかフェアリーに尋《たず》ねる前に、殿下《でんか》が「準備が終わった」と声をかけてきた。

私達は彼らの方へ近寄り、地面に描かれた魔法陣《まほうじん》を見た。円と多角形、文字を組み合わせて作られたそれは、十人は上に立てるほどの大きさだった。

「先ほども言ったが、リリアは精霊《せいれい》界にいる可能性が高い。探索魔法の結果こちらでは火山の中でも、あちらでは座標が同じだけで環境《かんきょう》は異なっているだろう。マグマの中ではないとはいえ、精霊界の魔素は人間の身体に悪い。早急にリリアを救出するべきだということは変わらぬ」

「ですから、転移魔法を利用して、ロータス殿下と僕、魔力源代わりの精霊達であちらに飛びます。アザレア様とフラーテ殿《どの》には、こちらで待機していただきたいです」

殿下とシュナがそう言うと、フラーテさんが難色を示した。

「お待ちください。元はといえば私が皆様《みなさま》に助力を乞《こ》うたのが発端《ほったん》です。お二方だけをそのような危険な目に遭《あ》わせられません。私も連れて行ってください」

殿下は首を振った。

「ダメだ。精霊界に行くからこそ、フラーテは人間界に留《とど》まってくれなくては困る。最悪の場合、リリアと其方《そなた》の縁《えん》を辿って彼女だけでもこちらに帰す算段だからだ。そのために、フラーテはここで待機していてほしい」

彼の言葉に引っかかって、私は反射的に尋ねてしまった。

「殿下が精霊界に行ってしまったときは、縁の強い私が送り込まれましたが……」

「それは居場所が特定できなかった場合だ。幸運にもリリアの場所はもうわかっている。もし、結果通りの座標にいない場合は、一度引き返してフラーテを連れて行く」

ああ、そうか。前回は殿下がどこにいるかすら不明だったから、私が直感で彼を捜《さが》したんだっけ。

殿下の言う通り、最悪の場合――おそらく、絶対にあり得ないが――を予想したら、フラーテさんはこっちにいた方が良いだろう。

あれ？　じゃあ、私が置いていかれる理由は？

「……まあ、フラーテ殿はともかく、ぶっちゃけ僕は回路を安定させるために人間界にいた方が良いんですけどね」

ボソリと、シュナが遠い目をして呟《つぶや》いた。あれ、それなら、私が殿下と一緒《いっしょ》に精霊界に飛んだ方が良いんじゃない？

私がそのことを指摘《してき》すると、殿下は気まずそうに顔を逸《そ》らした。

「……アザレアは留守番だ」

「なぜですか？　シュナ殿の言う通りなら、彼はこっちにいて私が殿下についていった方が……」

「なら、シュナは魔法の補助に回して、余が一人であちらに飛ぶ。アザレアは来るな」

「え……」

にべもなく断られ、私はショックで口を開けた。その間に、殿下はさっさと精霊達を引き連れて魔法陣の上へと移動する。

何だか殿下がそっけない……というより、冷たくない？　と、戸惑《とまど》っていると、フラーテさんが私の擁護《ようご》をしてくれた。

「ですが、ロータス殿下。お一人で向かうにはあまりにも危険では？」

「アザレア一人がいてもいなくても大して変わらぬ。むしろ、いない方が余計な気をかけずに済む」

しかし、殿下はバッサリと言い切った。

容赦《ようしゃ》のない戦力外宣言に、私は想像以上に落ち込んだ。殿下の言う通りだ。私はシュナのように魔法に秀《ひい》でているわけでもなく、フラーテさんのようにリリアとの縁が強いわけでもない。精霊界についていっても、足を引っ張る可能性の方が高い。

わかっているけどさ。私だってリリアを助けるのに役立ちたい。

でも、私が役立たずなのは事実だ。余計なことはしない方が良い、と前世で散々理解させられた。

一時の感情で動くべきではない。わかっている。これは、私の身勝手な感情だ。だから、足《あし》手纏《でまと》いになるのなら、同じ失敗を繰《く》り返さないよう大人しく待っているべきだ。

『あら、アザレア』

不意に、フェアリーに名を呼ばれる。私が顔を上げると、殿下達は魔法の発動を始めていた。

魔法陣が光る中で、フェアリーは微笑《ほほえ》んで言った。

『今だけは、前を向くんじゃなかったの？』

「――」

彼女の言葉は、私の迷いを晴らすのに十分だった。

どんな行動を取っても、後悔《こうかい》をするときはする。何が正しいかなんて、明確な答えはない。

なら、今の私はどうしたいか。それを考えたときには、もう私は走っていた。

「え、アザレア様!?」

フラーテさんが驚《おどろ》いた声を上げる。殿下が私の意図に気がついて、呪文《じゅもん》を唱えながら、光を帯びて半透明《はんとうめい》になった手を伸《の》ばしてくる。だが、フェアリーが魔法で彼の口を塞《ふさ》ぎ、魔法の発動を阻止《そし》してくれた。

呪文を唱えるのに集中しているシュナを通りすぎて、私は光る魔法陣へ身体《からだ》を滑《すべ》り込ませる。

すぐさま私の身体を光が包み込み、半透明となる。

シュナが呪文の最後の一節を唱えると、光は一層眩《まばゆ》いほど輝《かがや》いた。それらが私の視界を覆《おお》い尽《つ》くした直後、ぶつりと意識が途絶《とだ》えた。

意識が戻《もど》ったとき、最初に目にしたのは殿下の顔だった。眉尻《まゆじり》を下げ、不安そうに私を覗《のぞ》き込んでいる。

どうやら横になっていたようだ。ぼんやりとしたまま彼の名を呼び、目を擦《こす》りながら起き上がると、地面についた手から草の感触《かんしょく》がした。

「ここは……？」

頭を動かし、周りを見渡《みわた》す。ここら一帯は樹々《きぎ》や草花などの自然に埋《う》め尽くされていた。明るい空間に違和感《いわかん》を覚えていると、殿下が短く「精霊界だ」と答えてくれる。

ああ、そうだった。精霊界は時間の概念《がいねん》がないから、夜なのに明るいんだった。空を見上げ白く覆われた天井《てんじょう》を確認し、前に訪《おとず》れた場所と同じことを実感したあと、私は本来の目的を思い出した。

「リリアは!?」

「……大丈夫《だいじょうぶ》だ。後ろを見てみろ」

殿下《でんか》の言葉に従って、慌《あわ》てて振《ふ》り返る。

ここから少し離《はな》れた場所に、リリアはいた。目を瞑《つぶ》って木の幹に寄りかかるようにぐったり

としている。

「案ずるな。気を失っているだけだ。特に、身体に異状はない」

駆《か》け寄ろうとした私を殿下が引き止める。私はとりあえず彼女が無事だったことにホッと胸を撫《な》で下ろした。リリアの膝《ひざ》の上で欠伸《あくび》をしているサラマンダーは見張りなのだろうか。彼は私に気がつくと、その場でパタパタと尻尾《しっぽ》を振っている。

『あ、アザレア起きたー？　もうお仕事おわりー？』

「まだだ。もう少し続けていてくれ、サラマンダー」

『いいよー。他《ほか》のみんなもまだ帰ってきてないし』

サラマンダーの言葉で、他の精霊《せいれい》達がいないことに気がつく。何が何だかわからない私に、殿下は現状を説明してくれた。

「人間界でも言ったが、今回はリリアの居場所を事前に知っていたため、彼女を連れ戻すのはさほど難しくなかった。現に、リリアはこうして保護できている」

私は初めて精霊界に来た時のことを思い出しながら、殿下の説明に頷《うなず》いた。

精霊界は人間界と法則が異なる。時間の概念が存在しないように、ここの空間も常識と違《ちが》う。殿下曰《いわ》く、連続性がないらしい。目的地に沿って道なりに歩いていても、そこに辿《たど》り着くことはできないと言っていた。つまり、常に転移魔法であちこちを移動させられているような状態であるのだ。

人間同士の縁《えん》が重要なのは、そのためだった。詳《くわ》しい原理はまた魔導学《まどうがく》が絡《から》むらしいが、要は縁という道を辿って行けば自《おの》ずと迷い人を見つけ出せるということだ。

だから今回、リリアをすぐに助け出せたのは納得《なっとく》できた。転移で彼女がいる場所まで飛んだのなら、すぐに救出できてもおかしくない。

問題は、どうしてリリアが精霊界にいるのかだ。

「それを調べている最中《さなか》だ。余達がここに来る直前、怪《あや》しい人影《ひとかげ》があった。今は、フェアリー達がそれの手がかりがないか周りを調べてくれている」

ああ、そうか。だから他の精霊達の姿が見えないのか。

おそらくリリアだけでは精霊界に来られないはずだ。だから、彼女を攫《さら》った人間がいると考えてもおかしくはない。問題はここに来られる人間は、少なくとも転移魔法――魔法の中でも最高難易度の極級魔法を扱《あつか》える術者のため、実力が確かだということだ。

とはいえ、それで怯《ひる》む私ではない。私も犯人探しの手伝いをすると言えば、殿下は難しそうな顔をしてから首を横に振った。

「ダメだ。まずアザレアは、余と話すべきことがあるだろう」

殿下は姿勢を正すと、低く静かな声で尋《たず》ねてくる。

「なぜ付いてきた」

殿下は表情なく淡々《たんたん》と言った。だけど、その赤い瞳《ひとみ》の奥には微《かす》かに怒《いか》りが見え隠《かく》れしている。

突然《とつぜん》の剣呑《けんのん》な雰囲気《ふんいき》に、心当たりのある私は恐《おそ》る恐る殿下を見上げた。

「あ、あの、ロータス殿下……怒《おこ》っています？」

殿下は一拍《いっぱく》おいてから、笑顔《えがお》で言った。

「怒っていないと思うのか？」

「ひぇ……」

彼の笑顔に、王妃《おうひ》陛下に怒られたときの記憶《きおく》が蘇《よみがえ》る。寝《ね》てるクウロに落書きしたことがバレて、三時間も説教されたあのときの雰囲気だ。なんて親子だ。怒るときの雰囲気も一緒《いっしょ》だなんて。

私は咄嗟《とっさ》に正座し、頭を下げ謝罪した。

「ご、ごめんなさい。私が殿下の足手纏いになるとは、重々承知しております。ですが、私だけ何もせずにはいられなかったんです」

「だからといって、わざわざ其方《そなた》が危険を冒《おか》す必要はないはずだ。むしろ、アザレアの身に何かあったら、今度は別の者の首が飛ぶとは考えなかったのか」

尤《もっと》もな正論に、私は言い淀《よど》んだ。

「……そ、それは……でも、それはロータス殿下だって同じではありませんか。御身《おんみ》を危険に晒《さら》しているのに、私だけ安全な場所で待っているなど……」

「余はたとえ魔王がきても返り討《う》ちできる力がある。だが、アザレア。其方はどうだ。己《おのれ》の身を守れるだけの力があると断言できるか？」

殿下の質問に、またもや言葉に詰《つ》まった。思わずうつむいた私に、彼は「面《おもて》をあげよ」と厳しく告げる。

「余の問いに答えよ、アザレア。其方は己を守れるだけの力があるのか？」

「……ありません」

「その通りだ。だが、それは悪ではない。人にはそれぞれ役割があり、己の役目を全《まっと》うすることこそが、誰《だれ》にとっても最善の選択《せんたく》になるのだ。力を持たぬアザレアの役目は、リリアを助けることではなかった。それだけなのだ」

殿下は私を諭《さと》すように言った。

彼の説教が正論だと頭では理解している。だけど、と。私は殿下の名を呼んで、目を合わせた。

「たとえ私の役割でなくとも、ここで動かなければ、私はずっと後悔《こうかい》します」

「……後悔だと？」

予想外だったのか、殿下はわずかに首を傾《かし》げた。

「己にできることがあるのに、それを実行しないのは後悔するんです。だから、何もしないのが最善の選択だとしても、後悔しないために、未来の私が安心して笑えるために、私は己にできることはどんなことだってしてします。それが、私の役目から外れていたとしても」

「だが、現にアザレアは足手纏《あしでまと》いだ。其方に大事があった場合、責任を取るのはフラーテになる可能性が高いのだぞ？」

責任、という言葉を耳にして、私は目から鱗《うろこ》が落ちた。

「それです」

「は？」

「そもそも、私より身分が下の者が責任を負うという前提が間違っているんです。本来なら、何かあれば人の上に立つ者が責任を背負うべきではありませんか。なんだ。私が動く理由など、侍女《じじょ》のリリアが攫われた落とし前で十分ではありませんか」

言葉にすると、不思議なことに胸の内がスッキリした。

簡単なことだった。もう一層のこと開き直って、ごちゃごちゃ考えるよりも感情で動いた方が性《しょう》に合う。

とにかく今は、フラーテさんやリリアに迷惑《めいわく》をかけた犯人を一発はぶん殴《なぐ》りたい。私がそう思って立ち上がると、殿下が慌てて腕《うで》を掴《つか》んできた。

「いや、待て、アザレア。余が伝えたいのはそういうことでは――」

「いいえ、もう決めました。私が大怪我《おおけが》をしようがフラーテ殿《どの》らには何の関係もありません。全《すべ》て私の責任です。ということで、私はフェアリー達と合流して怪しい人影を見つけますね」

精霊達を捜《さが》そうとする私を、殿下が力尽《ちからず》くで引き止める。

「ダメに決まっているだろう。アザレアは先にリリアを連れて人間界に帰りなさい」

殿下に引き止められるも、私は負けじと彼を振り払《はら》って先へ進もうとする。

「いやです。せめて犯人を一発殴らないと気が済みません」

「ここは危険だと言っているのだ。怪我を負ってからでは遅《おそ》いのだぞ」

「危険も怪我も覚悟《かくご》の上です。そんなことよりも、私は己の責任を果たします」

「其方のそれは屁理屈《へりくつ》だ。道理に沿っていない」

「屁理屈でも理屈は理屈です。筋は通っているでしょう」

「――ああ、もう！　どうしてそんなに頑固《がんこ》なのだ！　余にはアザレアのことが理解できぬ！」

いくつかの問答の後、殿下は苛立《いらだ》たしげに叫《さけ》んだ。

私は驚《おどろ》いて思わず口を閉じた。殿下は、眉根《まゆね》を寄せ顔を真っ赤にし、怒っているというより泣きそうなのを堪《こら》えているようだった。

「今日だけではない。最近の其方は理解できぬ言動ばかりだ。余のことを露骨《ろこつ》に避《さ》け、そのことを問えば逃《に》げたくせに、何事もないように余に頼《たよ》ってきて……だのに、余を信じてくれず危険な場所にまでついて来る。アザレアがなにをしたいのか、余には全く理解できぬ！」

「うっ……」

殿下《でんか》が暴露《ばくろ》した不満に、私は何も言えなかった。最近の自分の行動を客観視すると、屑《くず》だと罵《ののし》られても仕方がない態度だと気がついたのだ。

「そ、その、殿下。最近のことについては大変ご迷惑を……」

私が咄嗟に謝ると、殿下はじとりと睨《にら》んでくる。

「迷惑をかけたと思っているなら、余を避けていた理由を答えよ」

「えっ」

思わず間抜《まぬ》けな声を出す。

避けていた理由を答えろって……どう教えれば良いのだろうか。

あなたに恋《こい》しているかどうかハッキリさせるためです、と正直に答えるべきなの？　あなたが近くにいると意識しすぎて、私が恥《は》ずかしさに耐《た》えられないから避けていましたって？

無理。そんなこと口が裂《さ》けても言えるはずがない。

私は目を泳がして、上手《うま》い言い訳を探す。「あー」とか、「えー」とか、意味のない言葉を発していると、殿下は私の腕を掴む力を緩《ゆる》めてきた。

「……余のことが嫌《いや》になったのなら、ハッキリと申せ。余計な気遣《きづか》いはいらぬ。アザレアが望むなら、婚約《こんやく》も白紙にする」

「――は!?　なんでそうなるんですか!?」

耳を疑った。私の慌《あわ》てた態度に対し、殿下は淡々と、だけどこころなしか震《ふる》えた声で返してくる。

「なんでも何も……こんな性質《タチ》だ。余のことを嫌《きら》う人間など、特別珍《めずら》しいことでもないだろう。

もし、体裁《ていさい》を気にして余と離《はな》れられぬと申すのなら、今後に差し支《つか》えないよう便宜《べんぎ》も図《はか》ると言っているのだ」

「だから、なんでそんな……ああ、いえ、これは――」

全面的に私が悪い。普通《ふつう》、急に避けられるようになったら嫌われたかと考えるだろう。理由を濁《にご》してくるのなら尚更《なおさら》だ。

殿下が誤解するのも仕方がない。私がハッキリしないのが悪いのだから。

「ロータス殿下」

殿下の名を呼ぶ。気恥ずかしいけど、そんなこと思っている場合ではない。

私は腹を括《くく》って、彼と向き合った。

「私は、私自身の気持ちを整理するために、殿下と距離《きょり》を離していました」

「気持ちの整理？」

「……殿下に恋しているかどうかハッキリさせるためです」

正直に告白すると、殿下はきょとんと目を丸くした。

改めて口にするとかなり恥ずかしい。顔に熱が集まるのを自覚しながら、私は早口になった。

「そ、その色々ありまして、自分の気持ちがわからなくなったので……それを明確にするために殿下と距離を取っていたのであって、嫌いになったわけでは……」

考えながら話しているせいか、思考が上手く言葉にできない。勢いに任せて喋《しゃべ》った後、かなり失礼なことを言っていることに気がつく。

恐《おそ》る恐る殿下を見ると、彼は小難しい顔をしながら、ゆっくりと口を開いた。

「……新手の謎《なぞ》かけか？」

何でそうなるの⁉

「〜〜っ！　殿下の鈍感《どんかん》！　そういうところですよ‼」

「なっ⁉」

殿下がギョッと面食《めんく》らった顔をした瞬間《しゅんかん》、耳を劈《つんざ》くような高笑いが辺り一帯に響《ひび》いた。間を置かず、高低音が重なったような声が、私達に語りかけてくる。

【ふははは！　馬鹿《ばか》め！　まんまと罠《わな》にハマったな愚《おろ》かな人間よ！　この我《われ》、新たな魔王となるナブラが、貴様達を地獄《じごく》に送ってやろ――】

「人が腹を括って告白したというのに……殿下の馬鹿！」

高笑いの主と台詞《せりふ》が被《かぶ》った。【え？】と、斜《なな》め上から間抜けな声がしたような気がするが、今はそれどころではないのだ。無視だ、無視。

殿下が困惑《こんわく》しながら私と頭上を交互《こうご》にちらちらと見ている。彼は私から手を離し、護身用に持ってきた剣《けん》を抜こうとしていた。頭に血が上ってしまった私は、殿下の態度に文句をつける。

「殿下。私の話を聞いていますか？」

「え、あ、アザレア？　多分、今はそれどころでは――」

「私が恥《はじ》を忍《しの》んで正直な気持ちを告白したことを『それ』で片付けないでください！　そういうところが女心を理解していないんです！」

「お、女心？」

「そうです！　普通は、鼻先まで顔が近づいたり手が触《ふ》れ合ったりしたら恥ずかしいんです！　それなのに私ばかり慌てふためいて……」

「殿下の女たらし！」と、批判すれば、彼はポカンと口を開けたあと、徐々《じょじょ》に顔を真っ赤にし、わなわなと震えはじめた。

「何だそれは……アザレアだって、今までそんなの気にしなかったではないか！　どうして余がそれで責められねばならぬのだ！　今更ではないか！」

「今更でも恥ずかしいものは恥ずかしいんですよ！　だいたい、ずるいです。私ばかり意識して、殿下は全然そんな素振《そぶ》りないんですもの！」

【おい！　お前ら！　何を普通に喧嘩《けんか》しているのだ⁉　こっちを見ろこっちを！】

「な……理不尽《りふじん》だ、アザレアは理不尽だ！　意識していると言っても、其方《そなた》はここ最近は余を避けてばかりだったではないか！　その間の余の気持ちなど、知らぬくせに！」

「ここ半月に関しては私が全面的に悪いです！　申し訳ありません！　でも、殿下だって私の気持ちを知らないではありませんか！」

自分の気持ちを押し付けるなんて、半月前の私なら絶対に口にしなかった。

でも、今は違《ちが》う。少なくとも恋を神聖視しないことは、過去を――私の前世を否定することではない。

だから私は、感情が昂《たかぶ》るままに叫ぶように言った。

「私は！　殿下が喜ぶと私も嬉《うれ》しくなるし！　殿下が傷つくと私も悲しくなって！　殿下が私のどうでも良《い》い話を覚えていてくれたり、髪型《かみがた》や化粧《けしょう》の変化に気づいてくれたりとか！　そんな些細《ささい》なことで一喜《いっき》一憂《いちゆう》するんです！」

【おい待て！　我を無視して惚気《のろけ》始めるな！】

「何もしなくても側《そば》にいてくれるだけで嬉しくて、でもあんまり近いとドキドキして恥ずかしくなるし！　あなたに嫌われたら立ち直れないし、嫌っていると誤解されたら急いで弁明するくらい、私は殿下に振り回されているんです！」

【聞けよ!!】

「振り回されている気持ちをあなたに気づいて欲しくて、でもやっぱり知られたくなくて……こんな身勝手な感情を恋と呼んで良いのかわからなくて。たとえこれが本当に恋だとしても、殿下が私と一緒《いっしょ》にいて幸せになるかわからないし、もしかしたら不幸にさせてしまうかもしれない。でも、あなたと離れたくなくて……もう、恋って何なのか、頭がこんがらがってわけわからない状態なんです！」

最後をやけくそ気味に言い放つと、ロータス殿下が混乱した様子で尋《たず》ねてくる。

「結局、アザレアは余のことが好きということでいいのか⁉」

「わかりません！」

「わからないのか⁉」

「わかっていたらこんなややこしい話になっていません！」

「尤《もっと》もだな！　余も少々混乱してきたぞ⁉」

殿下が頭に疑問符《ぎもんふ》を浮《う》かばせている最中《さなか》、【ええい！　ふざけるな！】と叫《さけ》んだ声とともに、暴風が頭上から降りかかってきた。

【我を馬鹿にするのもいい加減にしろ！　このまま塵芥《じんかい》にして――】

私が斜め上を睨むのと、殿下が腕《うで》を振り上げるのは同時だった。

『うるさい！』

私と殿下の声が重なる。一拍《いっぱく》置いて、【ぐえ⁉】と短い悲鳴が上がった。

悲鳴の主は、宙に浮いていた筋肉隆々《りゅうりゅう》の紫肌《むらさきはだ》の魔物《まもの》だ。羽ばたいていた黒い翼《つばさ》の動きが止まり、真っ逆さまに地面に落ちて行く。

殿下が鞘《さや》ごと投げた剣が、先ほど魔物の顎《あご》に勢い良く当たったのだ。派手に音を立てて落下してきた魔物は、目を回して気絶している。落ちた衝撃《しょうげき》で頭に生えたツノにヒビが入っていた。

もう、何なのよ。急に現れたかと思えばずっと会話に入り込んできて……と、内心で魔物に文句をつけていると、殿下《でんか》に名を呼ばれた。

「……アザレアがややこしい状態になっているということは理解した。それゆえ、単純なことを見落としてしまっていることもな。もっとハッキリしていることがあるだろう？」

殿下は、私の両手を包むように握《にぎ》った。そして、深呼吸をした後、彼の赤い瞳《ひとみ》が私を真っ直《す》ぐに見据《みす》える。

「余は、アザレアが好きだ」

「え……!?」

不意打ちの言葉に、思わず間抜《まぬ》けな声が出る。私の体温が上がるのも構わず、殿下は続けて言った。

「アザレアがなぜ恋《こい》に対してここまで拗《こじ》れているのか、余はその理由を知らぬ。だが、恋とはもっと単純で、一人で完結するものではないと、余は断言できる。言葉で説明しても、難しいがな」

だから、と、殿下は私の手を握る力を強めた。

「余は決めたぞ、アザレア。其方の恋に対する引け目や拗れた思考、すべて二の次になるぐらい――惚《ほ》れさせてやる」

燃えるような赤い瞳に、強い決意が宿る。

「アザレアの不安がなくなるぐらい、余に惚れさせてやる！　絶対にだ！」

殿下は微《かす》かに顔を赤くして、宣言した。

彼の言葉に私は目を見開き、顔が熱くなった。

鼓動《こどう》がうるさいぐらい速くなる。手のひら越《ご》しに伝わってくる彼の体温が、いつもより熱いのは私のせいか、それとも彼のせいか。

「え、あ、で、殿下……」

緊張《きんちょう》でろくに頭が回らず、無意味な音を発していると、横から楽しそうな声が聞こえてきた。

『――それで？　痴話《ちわ》喧嘩は終わったのかしら？』

殿下と一緒に顔を向ければ、フェアリー達が面白《おもしろ》そうに私達を観察していた。彼らの横には、気絶している魔物が――いや、違う。魔物ではない。あれは――

「……イザベラ？」

先ほどの魔物と代わって、いないはずの少女がそこにいた。

# エピローグ　長い一夜の終わり

人間界に帰還《きかん》すると、時刻は日の出前ぐらいだった。

紫紺《しこん》に染まった空を見上げながら、隣《となり》にいる彼女に声をかける。

「もう一晩も経《た》っていたのね。お腹《なか》が空《す》いたわ。ねえ、ナブラ。あなたってご飯作れたっけ？」

「……人間の飯など知らぬ。虫でも食ってろ」

「私だけならそれでも大丈夫《だいじょうぶ》なんだけど、流石《さすが》に殿下達はキツイでしょ？　宮廷《きゅうてい》に帰る前に、軽く食べておきたいわ。あとで果物とか穫《と》ってきてね？」

命令するように言えば、彼女は舌打ちをして、渋々《しぶしぶ》と頷《うなず》いた。

そう言えば、と今更な疑問を思い浮かべる。

「ところで、あなたって、男性なの？　女性なの？　イザベラが女性だから、ナブラも女性という認識《にんしき》で合ってる？」

私の質問に、隣にいた少女――イザベラの顔をした魔物が、やけくそ気味に叫んだ。

「魔物に性別は存在せぬ！　どっちでも良いわ！　ご主人様の好きに呼べばぁ!?」

私の従魔となったナブラの声が、早朝の山奥に響《ひび》く。

そんな私達二人を遠巻きに、シュナやフラーテさんが殿下に何やら話しかけていた。

きっと、ナブラのことを聞いているのだろう。先ほどリリアとフラーテさんには謝罪させたが、オーデンス伯爵《はくしゃく》にも報告した方が良いかもしれない。

少々込み入った事情があるから、説明は大変だけど。

ひとまず私は、先ほどの精霊《せいれい》界でのことを順に思い出し、整理することに決めた。


私達はあの後、魔法で拘束《こうそく》したイザベラの前に集まっていた。先ほどの魔物は変身した姿だったようだ。こちらが本来の姿らしい。

殿下と私の喧嘩《けんか》の最中にリリアも目覚めたようで、不安げな様子でイザベラを窺《うかが》っていた。

私は彼女らの間に入るように立ち、殿下とフェアリーから聞いた話をまとめたのだ。

「ええっと、つまり、イザベラの中に新魔王とやらのあなたがいて、あなたがリリアを誘拐《ゆうかい》した犯人だってことで良いの？」

「ふん、愚《おろ》かな小娘《こむすめ》だ。先ほどからそこの精霊がそう言っているだろう」

私が口に出して頭の中を整理していると、イザベラが鼻で笑ってきた。彼女の態度に、フェアリーが可愛《かわい》らしく首を傾《かし》げる。

『あら、心の中ではすごく焦《あせ》っているのに、随分《ずいぶん》と余裕《よゆう》なのね。ロータス、やっぱりこの子、精霊王に差し出しても良いかしら？』

『王さま、喜ぶよー。ひさびさの供物《くもつ》だーって』

『ごほうびいっぱいもらえるよー』

「悪いがそれは止《よ》してくれ。イザベラ……正確には、この魔物にはまだ聞きたいことがある」

ロータス殿下が精霊達を宥《なだ》め、イザベラに向き合った。

いや、殿下が言った通り、正確にはイザベラの中のナブラとかいう魔物にだが。

リリア誘拐事件の真相は、フェアリーの心を読む能力によってあっけなく明かされた。

犯人はイザベラだった。彼女は、宮廷を去った後、どうやら魔界に供物として身を捧《ささ》げたらしい。そこで、死にかけていたナブラとかいう魔物が、死霊《しりょう》魔法で彼女の身体《からだ》に入り込んだとかなんとか。

しかし、通常の人間の肉体では魔物の魂《たましい》に長く耐《た》えられない。魔素の種類が違《ちが》うため、肉体と魂で拒絶《きょぜつ》反応が起こるからだ。そこで、より丈夫《じょうぶ》で適した器《うつわ》を探したところ、リリアに目を付け、彼女を誘拐し、強力な身体を手に入れたあと人間界で暴れる予定だったらしいが——

私はその話に首を捻《ひね》った。突拍子《とっぴょうし》もない、不可解な点が多すぎる。

まず、なぜイザベラが魔界などに身を捧げなければいけなかったのか。その理由がわからない。

それに、カボス王国から魔界《まかい》――正確には、遥《はる》か西にある大陸の端《はし》の入り口――まで、遠すぎる。船と馬車を使っても、最短距離《きょり》でひと月以上は掛《か》かるのだ。往復なら三ヶ月掛かってもおかしくない。それを、リリアが伯爵家に帰ってくる五日以内に往復したのだ。疑問を持つな、という方が無理な話だろう。

次に、どうして精霊界にリリアを連れてきたのか。丈夫な器といっても、リリアは普通《ふつう》の女の子だ。わざわざ彼女を誘拐する理由があったのだろうか。

私がそれらについて目前の魔物に尋《たず》ねると、彼女は呆《あき》れた顔をした。

「それを我《われ》が素《す》直《なお》に話すとでも……まあ、良い。どうせそこの精霊に心を読まれるのだ。教えてやろう」

彼女は観念したようにため息を吐《つ》いて、ロータス殿下を見た。

「なにも難しいことではない。一日もあれば、魔界とこの国を行き来することだって可能だろう？　なあ、そこの神の愛子《いとしご》よ？」

そういえば、殿下も一晩で魔王を倒《たお》して魔界から帰ってきたことがあった。

だけど、それはロータス殿下だからであって、少なくとも私が知る限りでは、イザベラがそんな超人《ちょうじん》的なことができるはずない。

私の考えを見透《みす》かしたのか、魔物が嗤《わら》ってきた。

「ククク、当たり前だ、この平凡《へいぼん》な小娘が一人で魔界までやってこられるわけがなかろう？転移魔法で連れてこられたのだ。あのお方によって」

「あのお方？」

意味深な発言に、私は顔を顰《しか》める。

彼女の言い分を信じるならば、イザベラは誰《だれ》かの手によって無理やり今の状態にされたようだ。一体誰だ、と問い詰《つ》めたら、魔物は小馬鹿《こばか》にするように舌を出してきた。

「わからないなら会話に入ってくるな。バーカ」

「………」

私は彼女の目の前にしゃがんで、そのまま舌を引っ張った。魔物はギョッとして、舌足らずに不満を訴《うった》えてくる。

「にゃ、にゃにをする」

「こっちは侍女《じじょ》を悲惨《ひさん》な目にあわせた犯人に腹が立っているのよ。さっさとそいつのことも教えなさい」

「う、ううう〜」

唸《うな》る彼女に構わず、ぎゅーと舌を掴《つか》んでいると、フェアリーが私の肩《かた》の上に座ってきた。

『アザレア。これ、こんな態度だけど、本当は顔も名前もわからないみたい』

「あっ!?」

「は？」

『会ったとき、認識阻害《そがい》の魔法がかけられていたようね。記憶《きおく》にもモヤがかかっている』

何よそれ。意味深なことを言っておきながら、名前がわからなかっただけじゃない。

私は呆れて彼女の舌を放した。魔物はまた悪態を吐いてきたが、無視して殿下《でんか》に尋ねる。

「ロータス殿下。殿下は何か心当たりはありますか？」

「……いや。すまないが、余も存ぜぬ。だが、その魔物がそいつからリリアの情報を貰《もら》ったのだろう。彼女が特殊《とくしゅ》な体質をしていると」

殿下の発言に、リリアが不安げに呟《つぶや》いた。

「私が特殊な体質……？」

「ああ。其方《そなた》の兄から聞いたが、リリアは幼少からこの地の植物を口にしてきただろう？ そのせいか、其方ら兄妹《きょうだい》の血が精霊のそれに近い部分がいくつかあった。おそらく、精霊界の魔素が身体を変質させたのだ。他人より異常に五感が優《すぐ》れていたり、標準より魔力が多かったりなど、心当たりはあるだろう？」

リリアはハッと口元を押さえた。

「た、確かに……昔、医者に外部魔力が象並みにあると驚《おどろ》かれたことがありました。魔法は不得意なので、あまり意味はなかったのですが」

彼女の発言に思わず耳を疑う。

一般《いっぱん》的に、魔力量は種族ごとに固定だ。基本的に体格が大きい生物ほど魔力量が大きくなっていく法則で、その頂点はドラゴンだとされている。

だから、魔法を発動する際はいかに効率良く術式を組むのかが重要視され、その難易度に応じて等級が割り振《ふ》られているのだ。象の魔力量など具体的な数値は知らないが、体格が人間より遥かに大きいことはわかる。おそらく、リリアは常人の倍以上の魔力を持っているのだろう。

リリアの特異さに驚いていると、魔物がまたもや鼻で笑ってきた。

「ようやく理解したか。その男の言う通り、その地味な小娘はこの器と比べ魔力が潤沢《じゅんたく》だ。こやつの御者《ぎょしゃ》に幻術《げんじゅつ》をかける手間を惜《お》しまないくらいにはな。そして、人間の魔力と違って、精霊界の魔素は我が魂と拒絶反応が弱い。ゆえに我はこうして精霊界に赴《おもむ》き、ここの魔素と魂を馴染《なじ》ませ、器を替《か》えたときの拒絶反応を無くそうとしたのだ」

「魂の移し替えの儀式《ぎしき》は三日ほどかかり、肉体、魂ともに無防備になる。外敵を減らすためにも、精霊界を選んだのか。たとえ外敵が其方を襲《おそ》ってきたとしても、地の利はそちらにある。罠《わな》も仕掛けやすかっただろう」

殿下が補足すると、魔物は舌打ちをして顔を歪《ゆが》めた。

「ふん、性格の悪い男だ。どうせ最初から全《すべ》てわかっておきながら、敗者の我に説明させたのだろう？　人間のふりをしていようが、あのお方も貴様も、本質は同じだ」

イザベラの顔をした魔物は私達を見回し、鼻で笑ってくる。

「それで？　貴様らは我をどうするのだ？　まさか、人の法にかけるわけにはいくまい。ここで殺すか？」

おっとりとしていた彼女からは考えられないほど、低い声が周りに響《ひび》く。

殿下が無言で私の前に出ると、腰《こし》に下げていた剣《けん》を抜《ぬ》いた。サラマンダーが彼の肩まで登って、無邪気《むじゃき》に言う。

『ロータス。王さまにあげたほうがごほうびもらえるよ？』

「違う。殺すのではない」

殿下は剣の切っ先を魔物に向けて、険しく目を細めた。

「イザベラはまだ生きているのだろう？」

フェアリー以外の皆《みな》の視線が殿下に集まる。

「通常、肉体と魂はそれで一対《いっつい》であり、異なるそれらを入れ替えれば、先に肉体が滅《ほろ》びる。七日も経《た》てば心臓が止まり、左胸から腐《くさ》っていく。だが其方は――」

一度言葉を切って、殿下は剣を軽く振り上げた。剣の軌跡《きせき》をなぞるようにイザベラの衣服が裂《さ》け、胸元《むなもと》があらわになる。彼女の左胸は、血色の良い肌色《はだいろ》をしており、特に異状は見当たらなかった。

「見た通り、腐るどころか健康そのものだ。おそらく、心臓も正常に動いている。肉体が無事だということは、魂も無事だということ。本人の意識がなく、肉体の主導権を握《にぎ》っているところ、支配魔法の上級——傀儡《かいらい》の術で彼女を操《あやつ》っているのだろう。身体に魂を無理やり二つ閉じ込め、容易に引き剝《は》がせないようにする。精霊《せいれい》界にわざわざ赴いたのは、それも理由にあるのだろう？」

　殿下が逆手で剣を納めながら話していると、魔物は不快そうに顔を顰めた。

「ああ、そうだ。傀儡の術は死霊《しりょう》魔法よりも繊細《せんさい》な操作が望まれる。人間界でそれをするには、あまりにも環境《かんきょう》が整っていない。術の最中《さなか》に獣《けもの》にでも襲われれば死ぬからな。ふん。ここまで見抜いていたとはな。やはり、気に食わない男だ」

　魔物が忌《い》ま忌《い》ましげに殿下を睨《にら》む。彼はそれに構わず私の方に振り返って、鞘《さや》ごと剣を差し出してきた。

「『責任を取る』と、先ほど言ったことは覚えているな？」

　私がゆっくり頷《うなず》くと、殿下は先ほどより一層低い声で語りかけてきた。

「ならば、この魔物とイザベラの処遇《しょぐう》はアザレアが決めよ。殺そうが、生かそうが、供物《くもつ》として生贄《いけにえ》にしようが、其方の自由だ」

　そう言って、殿下は私に剣を渡《わた》してくる。

　思いのほか重量のあるそれを両手で受け取り、私は魔物とイザベラに向き合った。地面に膝《ひざ》をついて、拘束《こうそく》されている彼女と目線を合わせる。

「……ねえ、イザベラの意識はあるの？」

私は先ほどから引っかかっていたことを口にした。

正直、事件の真相もロータス殿下の話も突拍子《とっぴょうし》なさすぎて、未《いま》だ現実味がない。まだ目前のイザベラが別人だってことも信じられないぐらいだ。

私の質問を、彼女は笑って一蹴《いっしゅう》した。

「なんだ？　この平凡な小娘《こむすめ》に情でもあるのか？　では、貴様に良いことを教えてやろう」

私とリリアを一瞥《いちべつ》して、彼女は言った。

「こやつはな、貴様に薬を盛っていたのだぞ。そこの地味な小娘に罪を被《かぶ》せてな」

衝撃《しょうげき》の発言に、私とリリアは息を呑《の》む。私達の様子に満足したのか、彼女は愉快《ゆかい》そうに目を細めた。

「この肉体を乗っ取る際、こやつの記憶の一部が我《われ》と共有されたのだ。その中でも、ひときわ興味深いものだったから良く覚えておる。そこの地味な小娘が茶を淹《い》れる前に、液体の薬をカップに塗《ぬ》り、眠《ねむ》らせようとしていたのだ。まあ、なぜかカップから精霊が飛び出してきたせいで、こやつの企《たくら》みは失敗したが」

魔物《まもの》はケタケタと笑う。フェアリーに目をやると、彼女は無言で首を縦に振って『嘘《うそ》じゃないわ』と、魔物の話が真実だと肯定《こうてい》した。後ろでリリアが呆然《ぼうぜん》と呟く。

「なんでそんなことを……」

「さあ？　共有された記憶はほんの少しだ。そこまでは我にもわからぬ。金髪《きんぱつ》の娘に脅《おど》されているようではあったが、それでも己《おのれ》の主人を裏切るなど従者失格であろう？　貴様は、それでもこの小娘を助けるつもりなのか？」

ニヤニヤと、私を挑発《ちょうはつ》するように魔物は笑う。私は、両手で持った剣へ視線を落とす。

「そうね。罪を犯《おか》したのなら、それ相応の罰《ばつ》は受けるべきだと思う。だけど――」

顔を上げて、彼女と目を合わせた。

「あなたはイザベラじゃない。イザベラが罪を犯したかどうかは、彼女が戻《もど》ってきてから判断するべきだ。今ここで、決めてしまって良いことではない」

イザベラの顔をした魔物が目を見開く。そして、動揺《どうよう》をあらわにして尋《たず》ねてきた。

「正気か？　こやつは、貴様を裏切ったのだぞ？」

「正気に決まっているでしょ、失礼ね。だいたい、あなたこそ私の質問に答えなかったじゃない。結局、今はイザベラの意識があるの？　ないの？」

「……今は、眠っている。いつ起きるかは不明だ」

「そう。なら、私の答えは決まったわ」

私は立ち上がると、ロータス殿下に剣を差し出す。

「ロータス殿下。剣をお返しします」

「……イザベラと魔物の処遇はどうするつもりだ」

「人間界に連れて帰ります」

殿下《でんか》は静かに目を細める。

「許したのか？」

「許していません。そもそも、本人から話を聞いてもいませんので。私は、イザベラの口から真実を聞くまで、彼女を魔物ごと保護します」

「保護だと？」殿下の目が険しくなった。「一体どうやってだ」

「魔法で主従契約《けいやく》を結びます。手伝っていただいても？」

私の発言に、精霊達がいっせいに制止をかけてくる。

『ええ⁉　ダメだよ、アザレア、あれ、すっごく危ないんだよ！』

『そうだよ！　従魔の魔力が人にながれちゃうから、人の魂《たましい》がすりへっちゃうって、王さまがいってた』

『大昔、そのせいで人と戦争までしたんだよ。あぶないよ』

『……やめたほうがいい』

予想以上に批判まみれだった。ロータス殿下やフェアリーも苦い顔をしている。リリアと魔物だけが困惑《こんわく》した様子だった。

「お、おい。我に何をしようとしているのだ？」

青ざめた魔物に続いて、リリアが殿下に疑問を告げる。

「ロータス殿下。精霊さまが仰《おっしゃ》っていることは本当なのでしょうか？」

「……真実だ。一般的な、動物を対象とした主従契約には双方《そうほう》に害はない。しかし、魔素の種類が違《ちが》ってしまえば、主人の方に負担がかかり、寿命《じゅみょう》が縮む。もっとも、従魔も通常のそれより強い契約を結ばされるが」

「強い契約？」

「絶対服従なうえに、主人が死ねば従魔も死ぬようになる」

「はあ!? ふざけるな！」

魔物が必死に叫《さけ》んで、私に訴《うった》えてくる。

「おい、小娘！ やめろ！ 我は貴様と共に死ぬなんてまっぴらごめんだ！ 貴様も魂を削《けず》ってまでそんなことしたくないだろう!?」

確かに、私はまだ死にたくない。

だけど、取り柄《え》のない私ではこれくらいしか手がないのだ。

責任を取ると殿下に宣言したのだ。命ぐらいかけてやる。

「命をかけることで責任を負うのは理解した。だが、主従契約を結んだ後、どうするつもりだ。イザベラを元に戻す方法など知らないだろう？」

殿下が再び問いかけてきたので、私は素直《すなお》に頷いた。

「はい。人間界に戻ってから、戻す方法を探すつもりです」

「……余ですら、できぬことを？」

殿下は自嘲《じちょう》した。彼が自虐《じぎゃく》的な表情を浮《う》かべるのを、私は初めて見たかもしれない。

なんとなくそう思っていた。殿下なら、解決できることはさっさと解決してしまう。それをしなかったということは、それだけ傀儡《かいらい》の術は解くのが難しい魔法なわけだ。私一人で解決できるなどと自惚《うぬぼ》れてはいない。

「わかっています。ですので、殿下を頼《たよ》らせていただきます」

「余に頼ってばかりではないか。余が協力しなければどうするつもりだ」

尤《もっと》もな正論だ。反論の余地もない。

まあ、だから、こっちに関しては卑怯《ひきょう》な手を取る。

「でも、助けてくれるでしょう？」

私は殿下を見上げて、はにかんだ。

「あなたに惚《ほ》れるぐらい、頼らせてくださいよ。未来の旦那《だんな》さま」

「……!?」

殿下はボッと顔を真っ赤にし、顔を手で覆《おお》った。

「～そ、そういうのずるいと思う。反則だ！」

知っています。我ながらずるいと自覚しています。

まあこれは私も全身に火がつくほど恥《は》ずかしい自爆技《じばくわざ》のため、殿下と相討ちになる可能性が高いが。

私はじりじりと殿下と距離《きょり》を詰《つ》め、顔を近づける。

「それで、協力してくれますか？　未来の旦那さま」

「う……だ、だが」

「旦那さま？」

「……」

「キスでもした方がいいですか？」

「わかった！　協力するから、そろそろ離《はな》れて！」

良し。ハッタリはかますものだな。心臓が早鐘《はやがね》を打ちまくっているせいで、左胸が痛いけど。

ともあれ、殿下は陥落《かんらく》した。あとは、不服げに私を見つめている精霊《せいれい》達だ。

私はいじけている彼らと目線を合わせて、ごめんね、と声をかけた。

「心配してくれてありがとう。でもやっぱり、私の気持ちは変わらない。ここで引くわけにはいかないの」

『危険よ』フェアリーが警告してくる。『わざわざアザレアが命をかける必要はあるの？』

「そうだね。無意味かもしれないわ。でも、私ができるのはこれくらいだし、ここでイザベラを救えなくて後悔《こうかい》するのはもっと嫌《いや》だから」

そう答えれば、彼女は呆《あき》れたように笑った。

『不器用な生き方ね。でも、半月前のあなたよりは、嫌《きら》いじゃないわ』

私はフェアリーに微笑《ほほえ》んだ。まだ心配してくれる他《ほか》の精霊にもう一度お礼を言って、今度こそイザベラの顔をした魔物《まもの》の前に来た。

「さて。そういうことで、契約を交《か》わすわよ」

「何がそういうことだ！　ふざけるな！　我《われ》は貴様に仕える気など微塵《みじん》たりともないからな!!」

相変わらず吠《ほ》えているが、気にしないで契約の作業を進める。殿下の助言を受けながら、授業で習った通りに魔法陣《まほうじん》を床《ゆか》に描《えが》く。

少しのアレンジを加えて最後の図形まで描き終えれば、あとはそれぞれの血を陣に垂らすだけだ。私は指を噛《か》んで血を出し、床に一滴《いってき》落とした。魔物は殿下の剣《けん》で指を切られ、刃《は》を伝って落とされた。

すると、魔法陣が眩《まばゆ》いほど光りだし、私と魔物を包んだ。私が魔物の名前を思い出して呪文《じゅもん》を唱えようとすると、彼女は強気に言った。

「ふん、我はこの契約に同意しないからな！　ほら、さっさと呪文を唱えれば良い！」

従魔の術は、双方の同意がなければ主従関係は結ばれない。もし、どちらかが同意しなければ、主従関係が反転してしまうのだ。つまり、従魔が同意しなければ主人が従魔として仕えることとなるのだ。そのため、この術は動物と仲が良くなることが条件であり、持続時間が短いため人間には適さないことから、初級魔法として分類されているのだ。

魔物――ナブラの抵抗《ていこう》はわかっていた。彼女が強気なのは、私が主人としてこの契約を結ぶと考えているからだ。

だから、私はロータス殿下に手伝いをお願いしたのに。

「あら、そう。別に良《い》いわよ」

私はあっさりと言って、呪文を唱える。

「ナブラに告げる。我、汝《なんじ》に真摯《しんし》に仕え、汝に全《すべ》てを捧《ささ》げる。代償《だいしょう》に、汝の魔力を我に捧げ、その身を守護することを誓《ちか》いたまえ」

私は授業で習ったのとは逆、従魔として契約を結ぶ宣言をした。

すると、ナブラは顔を青ざめさせ、先ほどの台詞《せりふ》を撤回《てっかい》した。

「待て待て！　良いだろう、契約に同意する！　汝、我に――」

「もう遅《おそ》いみたいよ」

私が宣言を終えると、魔法陣は先ほどよりさらに光り輝《かがや》き、私の視界を白く覆った。

そんな中で、ナブラの恨《うら》み辛《つら》みが耳に届いた。

「おのれ！　貴様、覚えていろよ！　いつか貴様の寝首《ねくび》を掻《か》いてやるからな！」

「はいはい。これが終わったら、早速《さっそく》働いてもらうからね」

眩い光が徐々《じょじょ》に消えていく。視界が完全に戻《もど》る。私は手を開いたし閉じたりして、身体《からだ》に異状がないことを確認《かくにん》した。

そして、未《いま》だ拘束《こうそく》されて地面に転がっているナブラに近づいて、手を差し出した。

「おて」

「〜〜っ！」

ナブラはビキビキと青筋を浮かべ、拘束されたまま、私の手の上に彼女の手を置いた。

こうして、私はイザベラを乗っ取った魔物――もといナブラを、従魔としたのだった。


紫紺《しこん》の空が、透《す》き通る青へと変化する。

そろそろ朝日が昇《のぼ》ってくる時間だった。私達はナブラとリリアが調理してくれた焼き魚を食べ終わり、精霊達を見送ろうとしていた。

『本当はもっと人間界で遊びたかったんだけどね。私達もお仕事をしないといけないから』

『王さまからのおねがいだもんね！　ちゃんと回路は閉じないと！』

『もっとあそびたかったな〜』

『またあそびに来たら、おかしちょうだいね！』

『……いっぱい、ちょうだい？』

五匹《ひき》の精霊は名残惜《なごりお》しそうに別れを告げてくれた。代表として、フェアリーが一歩前に出てきて、フラーテさんとリリアに言った。

『精霊界との繋《つな》がりは、私達が責任を持って必ず断《た》つわ。精霊王の意向として、人間界に害を及《およ》ぼすつもりはありません。これからは、災害もおさまるはずよ』

精霊界で別行動している間、フェアリーたちは精霊王に会っていたらしい。もともと、彼女達は人間界に異状がないか調査をしにきていたとのこと。そこでオーデンス領のことを知ったため、精霊王に報告し、人間界との繋がりを完全に断つことを命じられたらしい。

フラーテさんは彼女の言葉に涙《なみだ》を浮《う》かべた。

「はい！　ありがとうございます」

「嬉《うれ》しいですね、お兄様」

リリアも頷《うなず》き、晴れやかな笑《え》みを浮かべた。なぜか彼女は喧嘩《けんか》をした後のようにボロボロな姿であったが。

そんなリリアのことを見て、ナブラは面白《おもしろ》くなさそうに鼻を鳴らす。彼女の顔にも殴《なぐ》られた痕《あと》があった。

「ふん。精霊は殴らないのか？　貴様のことだから拳《こぶし》を振《ふ》るうと思ったぞ」

「あなたには思うところがありましたから先ほど喧嘩になりましたけど、精霊さまには感謝しかありません。人を暴力女みたいに言わないでください」

「見た目にそぐわず血の気が多いだろうが。無言で顎《あご》に打ち込むとかな」

「褒《ほ》めていただきありがとうございます？」

リリアが首を傾《かし》げながら微笑むと、ナブラは舌打ちする。二人はまだ口論していたが、彼女らの間に流れる雰囲《ふんい》気《き》は穏《おだ》やかだった。

リリアがナブラを連れて魚を取りにいった時は心配したが、どうやら問題なかったようだ。

私は彼女らを横目に、精霊《せいれい》達に向き直った。

「今までありがとうね。寂《さみ》しくなるわ」

『私達もよ。ところで、アザレア』

フェアリーはパタパタと飛びながら、私の顔を覗《のぞ》くように見上げてきた。

『結局、答えは見つけたの？』

私は曖昧《あいまい》に笑った。

「とりあえずは、かな？」

『そう。あなたが納得《なっとく》しているならそれで良いわ。でも、覚えておいてね？　私達は、アザレアを祝福するわ』

「ありがとう、フェアリー」

フェアリーは満足そうに笑って、今度はロータス殿下《でんか》の方に向かって飛んだ。

殿下が彼女にお礼を述べていると、フェアリーは彼に耳打ちし、そっと何かを手に握《にぎ》らせた。

顔を真っ赤にした殿下がフェアリーの名を呼ぶが、彼女はケタケタと笑って仲間たちのもとへ颯爽《さっそう》と戻っていった。

『それじゃあ、私達はあっちに帰るわ！』

フェアリーの掛《か》け声と共に、転移の魔法陣が光り始めた。目が痛いほど魔法陣が輝く中、粒《りゅう》子《し》を纏《まと》った精霊達が『ばいばーい！』と手を振っている。さらに眩いほどの光が辺りを包み、思わず目を閉じる。しばらくたって、ゆっくりと目を開けたら、精霊達の姿は消えていた。

「……帰っちゃいましたね」

「ああ」

殿下は寂しそうに頷いて、クウロを呼んだ。彼女は鳴き声を響《ひび》かせ山の向こうから飛んで現れると、私達の目の前に着地した。クウロの頭を撫《な》でながら、殿下はフラーテさんとリリアに別れを告げる。

「余達も宮廷《きゅうてい》へ戻る。領地の復興、楽しみにしておるぞ。フラーテ、リリア」

二人は地面に膝《ひざ》をつき、頭を下げた。正式な臣下の礼だ。

「ロータス殿下、アザレア様、そしてシュナ殿《どの》。この度《たび》はリリアと我が伯爵《はくしゃく》家領地を救ってくださり、心より感謝申し上げます。このご恩は、いつか必ず、我が身に代えてもお返しいたします」

「兄に同じく、私からも感謝の念を。この命尽《つ》きるまで、王国の繁栄《はんえい》に我が身を捧げると誓います」

殿下は微笑《ほほえ》んで頷き、私はリリアに声をかけた。

「もし、侍女の仕事が嫌なら無理せずに言って。私がなんとかするわ」

リリアは驚いたあと、涙目で首を横に振った。

「い、嫌などと思っていません。わ、私、アザレア様の前だと緊張してまともに口が利《き》けなくて……」

段々言葉が尻すぼみになっていく彼女に、私はポカンと口を開き、同時に安堵《あんど》した。

「じゃあ、また侍《じ》女《じょ》としてそばにいてほしいと頼《たの》んだら、引き受けてくれる？」

リリアは涙を拭《ぬぐ》い笑顔で答えた。

「もちろん、喜んでお引き受けいたします」

私も彼女につられて笑顔になった。

二人にも別れを告げ、私達はクウロで宮廷に戻ろうとしていた。嫌《いや》がるナブラを無理やり彼女に乗せ、空を飛ぶ。行きと同じ四人乗りのため窮屈《きゅうくつ》であったが、苦ではなかった。

「ところで、ロータス殿下」

ふと思い出して、私は前で操縦している彼に尋《たず》ねた。

「先ほど、フェアリーから何を渡《わた》されたのですか？」

「……な、なんのことだ？」

殿下がわかりやすく動揺《どうよう》すると、私の後ろに乗っていたナブラが彼を茶化《ちゃか》した。

「なんだ。王太子とはいえ希少な太陽の石《ヘリオライト》は独り占《じ》めしたいのか。残念だったなぁ、小娘《こむすめ》よ」

「〜っ！」

殿下は頭を抱《かか》えた。一番後ろに乗っているシュナが「僕は何も言っていませんよ、殿下」と、責任回避《かいひ》のため大声で言った。

太陽の石、と聞いて、私は指輪のことを思い出した。私は顔が熱くなるのを自覚しながら、前に座っている殿下の背中に寄りかかる。

「指輪、楽しみにしております」

「……まだ材料が揃《そろ》っただけだ。これから、つくり始める。もう少し、待っていてくれ」

「はい。待っていますね」

私が幸せな気分でいると、ナブラが私達を指差し、シュナに尋ねた。

「まさか、いつもこんな調子なのか？」

「まさかも何も、いつもこんな調子ですよ」

ナブラは嫌そうに顔を顰《しか》め、シュナはそんな彼女の肩《かた》にポンッと手を置いた。

私は殿下の背に寄り添《そ》いながら、彼の顔をこっそりと窺《うかが》った。

すでに地平線から太陽が顔を出し、地上を照らしている。殿下の燃えるように赤い髪《かみ》が朝日を浴び、きらきらと輝《かがや》く。薄《うっ》すらと光で透けた赤髪はまるで夕焼けのようで、私は目を細めた。ロータス殿下には教えていないが、私が太陽の石を好きだと言ったのは、彼のこの髪色に似ていたからだ。

夕焼けは嫌《きら》いだった。まるで血に染まったような茜色《あかねいろ》は、否応《いやおう》なく死んだ日のことを思い出させるから。

でも、殿下と出会って、印象が変わった。

早朝の体育でへとへとになったとき、殿下は笑って手を差し出してくれる。そのときの、朝日を浴びた彼の髪色。夕焼けはそれに似ていると、気がついた。だから、夕焼けを見ると彼の笑顔《えがお》も思い出すようになって、少しだけ好きになれた。過去を割り切れなくても、好きになることができた。

前世のことを忘れることはできない。割り切ることもできない。

だけど私は、こうして今の思いも大事にしていきたい。

過去を背負って、前を向こう。

それが、私の出した答えだ。

早朝の風は冷たく、殿下の背中は温かい。私は彼の体温を感じながら、地平線の彼方《かなた》を眺《なが》めた。

# あとがき

読者の皆さま初めまして。瑠《る》美《み》るみ子と申します。

この度は本作を手に取っていただき、ありがとうございます。

もともと本作は小説投稿サイトにて掲載していたのを、角川ビーンズ文庫様から書籍化のお誘いを受け、商業本として少々改稿《かいこう》したものとなります。もしかしたら、Ｗｅｂ版からお付き合いいただいている読者様もいるかもしれませんね。書籍版も読んでいただきありがとうございます。

子供の頃から物語を考えるのが好きで、「いつか自分の本を出したいな」と思っていたんです。なので、今回の書籍化で夢の一つが叶ったことになりました。すごく嬉しい反面、自分の文章に文庫本一冊分の価値があるのかという不安もありました。

小説投稿サイトにて掲載している時は、「趣味で書いているから私が満足すればそれで良いんだよ」という意識が大きかったのですが、本として世に出すとなるとそんな言い訳は通じないわけで。本作を価格に見合ったクオリティーにするのはなかなか大変で、慣れない作業に苦労したことも多かったです。

とはいえ、書籍化したことで体験できた感動もありました。一番嬉しかったことは、やはり表紙イラストをいただいたときです。

深山《みやま》キリ様からキャラクターラフをいただいたときもすごく嬉しかったのですが、表紙の完成版をいただいたときが一番興奮しました。今まで脳内でぼんやりとしか想像していなかった登場人物たちの姿が、ハッキリと輪郭《りんかく》を持ち、目に見える形で認識できるという感動は、書籍化しなかったら体験できなかったものだと思います。

大変な部分もありましたが、こうやって振り返ってみると、やっぱり本を出せて良かったなとしみじみと思っています。

最後に、本作を出版するにあたって大変お世話になった編集者さんや校正者さん、素敵なイラストを描いてくださった深山キリ様、そしてここまでお付き合いいただいた読者の皆さまに重ねて御礼《おれい》申し上げます。

今回はここまでとし、またの機会にお会いしましょう。

最後までお読みいただきありがとうございました。

瑠美るみ子

BEANS BUNKO

「元・傾国の美女とフラグクラッシャー王太子 転生しても処刑エンドが回避できません!?」
の感想をお寄せください。
おたよりのあて先
〒102-8177　東京都千代田区富士見2-13-3
株式会社KADOKAWA　角川ビーンズ文庫編集部気付
「瑠美るみ子」先生・「深山キリ」先生
また、編集部へのご意見ご希望は、同じ住所で「ビーンズ文庫編集部」
までお寄せください。

# 元《もと》・傾国《けいこく》の美女《びじょ》とフラグクラッシャー王太子《おうたいし》
## 転生《てんせい》しても処刑《しょけい》エンドが回避《かいひ》できません!?

**瑠美《るみ》るみ子《こ》**

角川ビーンズ文庫　22319


令和2年9月1日　初版発行

発行者――――青柳昌行
発　行――――株式会社KADOKAWA
〒102-8177　東京都千代田区富士見2-13-3
電話 0570-002-301（ナビダイヤル）
印刷所――――株式会社暁印刷
製本所――――株式会社ビルディング・ブックセンター
装幀者――――micro fish




●お問い合わせ
https://www.kadokawa.co.jp/（「お問い合わせ」へお進みください）
※内容によっては、お答えできない場合があります。
※サポートは日本国内のみとさせていただきます。
※Japanese text only


ISBN978-4-04-109995-7 C0193 定価はカバーに表示してあります。

◇◇◇

異世界から聖女が来るようなので、
邪魔者は消えようと思います
蓮水《はすみ》 涼《りょう》
イラスト まち
WEB発&大幅加筆★
勘違い王女に、乙女ゲームの
溺愛モードが発動中!?
大好評
発売中!

やり直し令嬢は竜《りゅう》帝《てい》陛《へい》下《か》を攻略中
WEBで話題！
人生2周目は10歳の竜妃サマ!?
しかも敵だった陛下に求婚してました
永《なが》瀬《せ》さらさ
イラスト 藤《ふじ》末《み》都《つ》也《や》
婚約破棄された王太子と出会った場に、時間が戻った令嬢・ジル。破滅ルート回避のためとっさに求婚した相手は闇落ち予定の皇帝ハディス!?　だが城でおいしいご飯を作ってもらい——決めた。人生やり直し、彼を幸せにします！